D1727492

CARLSEN MANGA! NEWS
Jeden Monat neu per E-Mail
www.nipponnovel.de
www.carlsenmanga.de

CARLSEN COMICS
Deutsche Ausgabe/German Edition
1 2 3 4 13 12 11 10

Aus dem Japanischen von Alexandra Klepper

GAKUEN HEAVEN ENDO-HEN

Originally Published in Japan in 2006 by
Libre Publishing co., ltd. Tokyo.
German translation rights arranged with
Libre Publishing co., ltd. Tokyo,
through TOHAN CORPORATION, Tokyo.

Lektorat: Petra Lohmann
Textbearbeitung: Heike Drescher
Satz: TypoForum GmbH, Seelbach
Herstellung: Gunta Lauck und Denise Sterr
Druck und buchbinderische Verarbeitung:
GGP Media GmbH, Pößneck

ISBN 978-3-551-75285-7
Printed in Germany

TANAMI & Spray & You Higuri

GAKUEN HEAVEN

VERSION ENDO

INHALT

GAKUEN HEAVEN ENDO-HEN 9

KOMMENTAR DER ILLUSTRATORIN 223

A WARM WINTER HOLIDAY 224

TAKUTO IWAI
Leiter der Kunst-AG. Impulsiver Maler, der andere Menschen im Grunde verachtet, sich aber mit Shinomiya gut versteht.
Freunde
KOUJI SHINOMIYA
Leiter der Kyudo-AG und Chef des Schülerwohnheims. Sehr streng mit sich selbst und anderen, ehrgeizig.
YUKIHIKO NARUSE
Leiter der Tennis-AG. Ein Playboy, der auch innerhalb der Schule viele Fans hat. Liebesabenteuer sind sein ganzer Lebensinhalt.
SATOSHI UMINO
Biologielehrer an der BL-High. War vor seiner Arbeit als Lehrer beim Forschungslabor der Suzubishi-Group, einem Großunternehmen, das die Akademie einst gegründet hat, angestellt und führt seine Experimente immer noch weiter. Geht nie ohne sein Kätzchen aus dem Haus.
SHUNSUKE TAKI
Der selbst ernannte Bote der Schule brettert mit seinem Fahrrad über das ganze Schulgelände. Nimmt an BMX-Wettbewerben teil.
KUMA-CHAN
Rätselhafter blauer Teddybär, der den Verwaltungschef repräsentiert. Die rote Schleife ist sein Markenzeichen.
Feinde
KUGANUMA
Stellvertretender Verwaltungschef der BL-High. Ist äußerst unzufrieden mit der schülernahen Arbeit des Verwaltungschefs.
REKTOR
Der Rektor der BL-High ist offenbar ein Angehöriger der Suzubishi-Group. Er zeigt sein Gesicht niemals vor der Schülerschaft.
repräsentiert

GAKUEN HEAVEN
Die Charaktere
Partner
HIDEAKI NAKAJIMA
Stellvertretender Präsident des Schülerrats der BL-High und Niwas rechte Hand. Er ist ein hervorragendes Organisationstalent, verhält sich aber Leuten gegenüber, die er nicht mag oder die ihm nicht von Nutzen sind, äußerst kühl.
TETSUYA NIWA
Präsident des Schülerrats der BL-High. Sein Intellekt und sein Charme haben ihm den Spitznamen »O-sama«, also »König«, eingebracht. Er hält viel auf seine physische Kraft und geht als Sieger aus jeder Auseinandersetzung hervor.
Feinde
Kommt gut mit ihm aus.
Kann ihn nicht leiden.
KEITA ITOU
Hauptperson dieser Geschichte. Ein ganz normaler Junge mit außergewöhnlich viel Glück der als neuer Schüler an die Bell Liberty High kommt.
Sympathie
Freundschaft
KAZUKI ENDO
Keitas Klassenkamerad nimmt sich des Neuen sofort an und ist sehr fürsorglich.
Herr und Diener
OMI SICHIJYO
Stellvertretender Leiter der Rechnungsabteilung. Seit seiner Kindheit mit Saionji befreundet. Verfügt über Computerwissen auf Hacker-Niveau und würde für Saionji alles tun.
KAORU SAIONJI
Chef der Rechnungsabteilung. Ein extrem gut aussehender und intelligenter junger Mann, der den Spitznamen »Jo-o-sama«, das heißt »Königin«, trägt, welchen er aber nicht ausstehen kann.

GAKUEN HEAVEN
ENDO-HEN

Die Bell Liberty High ... Jetzt bin ich also tatsächlich hier!, dachte Keita aufgeregt und blickte durchs Fenster des Busses, der die Küstenstraße entlangfuhr. Die salzige Meeresluft hing ihm noch in der Nase, wahrscheinlich, weil das Fenster bis eben noch offen gewesen war. Doch der raue Küstenwind hatte sein Haar, das ohnehin schwer zu bändigen war, kräftig zerzaust. Deshalb hatte er das Kippfenster rasch geschlossen und drückte sein Gesicht nun gegen die Scheibe, um mit funkelnden Augen die Aussicht zu bestaunen.

Wie mochte die neue Schule wohl sein? Was erwartete ihn dort? Nicht einmal durch Gerüchte hatte er bisher etwas Brauchbares erfahren können. Für ihn war es die Erfüllung eines lang gehegten Traums, dort aufgenommen zu werden.

Die »Bell Liberty High«, die alle nur BL nannten, war ein berühmtes Jungeninternat, an dem die künftigen Manager großer Unternehmen wie Suzubishi ausgebildet wurden. Unter den Absolventen dieser Eliteschule waren einige Berühmtheiten. Noch dazu war sie von der Suzubishi-Group im Rahmen ihres sozialen Engagements gegründet worden und wurde von dem Großunternehmen finanziert, so dass nicht einmal Schulgebühren anfielen. Die Warteliste der Bewerber für diese begehrte Institution war gigantisch. Doch da die Förderdung des individuellen Talents an oberster Stelle stand, war das Aufnahmeprozedere ziemlich außergewöhnlich. Nur solche Bewerber, die in Fächern wie Naturwissenschaften, Sport oder Kunst besonderes Talent bewiesen hatten, wurden ausgewählt und schließlich an der BL aufgenommen – eine Aufnahmeprüfung oder dergleichen gab es nicht.

Der Zulassungsbescheid war vor drei Wochen bei Keita Ito angekommen. Plötzlich lag er da: ein Brief wie tausend andere auf dem Schuhschrank im Flur. Nachdem er ihn geöffnet hatte, glaubte er zuerst, seine Freunde hätten ihm einen üblen Streich gespielt, zumindest hielt er das Ganze für einen Irrtum. Ihm war nur zu bewusst, dass er keine Leistungen vollbracht hatte, die außergewöhnlich genug waren, um an der BL aufgenommen zu werden. Seine Schulnoten waren durchschnittlich und vor allem mit Englisch hatte er große Probleme. Eine Sportskanone war er auch nicht, genauso wenig wie er über andere besondere Fähigkeiten verfügte. Das Einzige, was ihn möglicherweise auszeichnete – wenn man das überhaupt eine besondere Fähigkeit nennen konnte – war, dass er etwa dreimal so viel Glück hatte wie jeder, den er kannte.

Nicht im Traum hätte ich an eine Zusage der BL geglaubt. Da werden meine Eltern Augen machen!, dachte er.

Doch der Tag der großen Nachricht war anders verlaufen als erhofft. Seine Eltern meinten zunächst, er wolle sie auf den Arm nehmen, und hatten telefonisch bei der BL nachgefragt.

Als ihnen bestätigt wurde, dass alles mit rechten Dingen zuging, wirkten sie bestürzt. Ihr Sohn sprach schon seit längerer Zeit davon, die Schule zu wechseln. Aber ausgerechnet auf eine Schule mit einem derart guten Ruf … seine Eltern waren dagegen gewesen. Inzwischen wusste er, dass sie so reagiert hatten, weil sie ihm eine Enttäuschung ersparen wollten. Doch Keita war es gelungen, sie zu überzeugen. Sie erkannten seinen festen Willen, und so hatten sie seiner Bewerbung an das Internat schließlich zugestimmt.

Und jetzt hielt er tatsächlich die Zulassung in den Händen. Das hatte er sicher wieder seinem Glück zu verdanken – und nun wollte er die neue Herausforderung annehmen.

Keine Ahnung, was sie in mir sehen, aber die Zulassung ist definitiv echt. Diese einmalige Chance darf ich mir nicht entgehen lassen!, nahm er sich vor.

Auch die Lehrer seiner bisherigen Schule waren mehr als einverstanden mit seinem Wechsel, schließlich war es eine große Ehre für sie, dass einer ihrer Schüler an der BL aufgenommen wurde. Seine Freunde nahmen die Neuigkeit mit gemischten Gefühlen auf. Sie waren traurig, wünschten ihm aber dennoch alles Gute und freuten sich mit ihm. Und sie ließen ihn wissen: »Wenn es dort nicht so toll ist, wie alle behaupten, dann kommst du eben wieder zurück!« Diesen Satz behielt Keita fest in seinem Herzen.

Die BL … Ich weiß nicht wie es dort ist, aber ich werde mein Bestes geben! Ich werde sie nicht enttäuschen, das steht fest!, schwor er sich.

Der Bus bog in eine lange Kurve ein. Vor ihm lag eine blendend weiße Brücke, an deren anderem Ende eine kleine, grün bewachsene Insel auftauchte.

»Das ist also die Bell Liberty …?«

»Richtig. Die BL-Akademie auf der künstlichen Insel«, antwortete der Busfahrer mit energischer Stimme. Vielleicht lag es daran, dass Keita der einzige Fahrgast war oder dass er sich in der ihm fremden Schuluniform der BL sichtlich unwohl fühlte – der Fahrer hatte ihn auf der Fahrt vom Bahnhof bereits mehrere Male angesprochen. Ihm zufolge war es das erste Mal, dass er einen neuen Schüler mitten im Schuljahr zur BL brachte. So eigenartig die Situation auch war, da Keita nicht besonders schüchtern war, ergab sich schnell ein lebhaftes Gespräch.

»Die Brücke ist eine Zugbrücke, und da hier in der Gegend reger Schiffsverkehr herrscht, ist sie meist hochgezogen. Hinuntergelassen wird sie nur morgens und abends und an den Wochenenden, damit das Personal an- und abfahren kann.«

»Heißt das, die Schüler können die Insel gar nicht verlassen?«

»Tja, so ist es. Die Schule ist ja auch berühmt für ihre spartanischen Methoden.«

Bei diesem Satz lief Keita ein kalter Schauer über den Rücken. Er hatte immer bewundert, dass jeder Absolvent Karriere machte – war das also das Geheimnis des Erfolgs? Keitas angespanntes Gesicht ließ den Busfahrer in schallendes Gelächter ausbrechen. »Keine Sorge! An ihren freien Tagen fahren viele Schüler mit mir im Bus, und sie alle wirken ganz normal. Sie scheinen also dort durchaus Spaß zu haben. Ist bestimmt eine tolle Schule!«

»Haha! Na dann ist's ja gut ...«, lachte Keita, doch wirklich erleichtert war er nicht.

Der Fahrer wandte sich mit einem aufmunternden Lächeln zu ihm um. »Was guckst du denn so? Es war doch dein Traum, an der BL aufgenommen zu werden. Worüber machst du dir Sorgen?«

»Ich weiß einfach nichts über diese Schule«, gab Keita kleinlaut zu und kratzte sich verlegen am Kopf. »Aber können Sie bitte beim Fahren nach vorn sehen? Mag ja sein, dass die Strecke schnurgerade ist, aber ...«

»Keine Sorge. Ich fahre diese Route seit Jahren und könnte blind über diese Brücke ...« Doch in diesem Augenblick ging ein Ruck durch die Karosserie. »Uah?!«, schrie der Fahrer laut auf, und Keita krallte sich an der Armlehne seines Sitzes fest. »D...Die Brücke wird hochgezogen?!«, brüllte der Fahrer ungläubig und hielt das Lenkrad fest umklammert.

Die Brücke, die sich eben noch in waagerechter Position befunden hatte, hob sich plötzlich und teilte sich in der Mitte. Der Bus fuhr geradewegs auf das immer größer werdende Nichts zu.

»Ha...Halten Sie doch an!«, rief Keita unwillkürlich, ohne zu wissen, ob dieser Ratschlag überhaupt etwas bringen würde. Der Fahrer, der ein solches Szenario offensichtlich nicht einmal im Traum durchgespielt hatte, wollte kräftig auf die Bremse treten. Doch stattdessen erwischte er das Gaspedal! Der Bus raste die immer steiler werdende Brückenhälfte hinauf. Durch die Windschutzscheibe war nur noch blauer Himmel zu sehen.

»Uaah!!« Während seine Reisetasche und das nagelneue Bettzeug, das er in der Gepäckablage über sich verstaut hatte, sich selbstständig machten, wurde auch Keita durch den Bus geschleudert und verlor das Bewusstsein.

Ausgerechnet jetzt sterbe ich, dachte er noch, bevor alles um ihn herum dunkel wurde.

Inmitten der Dunkelheit spürte er, wie sein Körper sanft zu fallen schien. Dann landete er mit dem Rücken auf dem harten Erdboden. Der Aufprall ließ ihn wieder halbwegs zu Bewusstsein kommen.

»… nicht. Sei vorsichtig … nicht weh!«

»Alles … Ist ja nicht … verletzt, wie's aussieht. Hier …«

Wortfetzen drangen an sein Ohr. Jemand klopfte ihm wieder und wieder gegen die Wange. Verwirrt hob Keita vorsichtig die Lider, das grelle Licht schmerzte in seinen Augen. Eben hatte er doch noch im Bus gesessen – wie kam es, dass er nun unter einem wolkenlosen, tiefblauen Himmel lag?

»Hey! Er hat die Augen aufgemacht! Du da! Alles okay?«

Was …?, dachte Keita, während sich der Kopf eines Jungen über sein Gesicht schob. Sein dunkler Teint und die scharfen Gesichtszüge fielen ihm zuerst auf.

Wer ist das denn?, fragt er sich. Er war immer noch nicht ganz bei Sinnen und bemühte sich, einen klaren Gedanken zu fassen. Während er sich zu konzentrieren versuchte, schlug der junge Mann ihm erneut gegen die Wange. Wahrscheinlich hatte er bemerkt, dass Keita zwar die Augen geöffnet hatte, aber sonst keine weitere Reaktion zeigte. Doch er hörte sofort damit auf, als ein lautes Klatschen ertönte.

»Niwa, hör sofort auf damit! Was ist, wenn er am Kopf verletzt ist?«

Der Typ, der sich über ihn gebeugt hatte, verzog das Gesicht vor Schmerz. Die getroffene Hand zuckte zurück.

»Kannst du mich hören?«

Keita wandte seinen Blick in die Richtung, aus der er angesprochen worden war, und blinzelte.

War das … wirklich ein Junge?, fragte er sich angesichts der feinen Gesichtszüge, der langen Wimpern und der Mandelaugen, der für einen Mann ungewöhnlich zarten Nase und des schmalen Kinns. Doch als er genauer hinsah, erkannte er, dass die Brust vollkommen flach war. In diesem Moment bemerkte Keita, dass dieser Schönling, der den anderen zurechtgewiesen hatte, eine andere, schneeweiße Uniform trug. Vor ihnen lag ein Schulgebäude aus roten Ziegeln.

»I…Ist das hier etwa die Bell Liberty High …?« Der Schock des Unfalls hatte ihn vollkommen verwirrt, doch allmählich kam er wieder zu sich. Er war mit dem Bus unterwegs zum Internat gewesen, und während der Fahrer sich mit ihm unterhalten hatte, war der Bus …

»Na, begreifst du endlich, was passiert ist?«

»Ja …«

Der hübsche junge Mann schien sichtlich erleichtert. Über sein Gesicht huschte ein leises Lächeln.

»Der Bus hatte einen Unfall. Während ihr auf die Brücke gefahren seid, wurde sie hochgezogen.«

»Du hattest echt Glück! Ein Wunder, dass du nicht samt dem Bus im Meer untergegangen bist!«

Auch dem Kerl, der neben ihm kniete, schien ein Stein vom Herzen gefallen zu sein, denn er strahlte über das ganze Gesicht. Keita wünschte sich nur, dass er nicht so leichtfertig über das sprach, was hätte passieren können … Doch der junge Mann schenkte Keitas Zustand wenig Beachtung und klopfte ihm väterlich auf die Schulter.

Beinah wäre ich ertrunken … Was für ein Riesenglück ich hatte, dachte er fassungslos und begann am ganzen Körper zu zittern. Wie mochte es dem Busfahrer wohl ergangen sein? Er ließ den Blick schweifen, doch er konnte ihn nirgends entdecken.

»Der Busfahrer hat gesagt, dass er statt der Bremse versehentlich das Gaspedal getreten hat. Und genau das hat euch offenbar gerettet! Hätte er gebremst, wäre der Bus ohne Frage …«

»Dann ist ihm also nichts passiert?!« Keita richtete sich abrupt auf, was sein Gegenüber offensichtlich erschreckte. Der sah ihn verdutzt an. Doch rasch hatte er sich wieder im Griff und berichtete, dass der Fahrer ebenfalls unverletzt sei und im Augenblick versuche, das Busunternehmen telefonisch zu informieren.

»Dann bin ich ja froh …!« Keita war aus tiefstem Herzen erleichtert und seine Miene entspannte sich endlich. Der Schönling verschränkte ablehnend die Arme, als er Keita so sah. »Ist das etwa alles, was du dazu zu sagen hast? Na, du scheinst die Sache ja wirklich auf die leichte Schulter zu nehmen!«

»Ist doch alles in Ordnung, Kaoru-chan. Zum Glück ist ja niemandem etwas passiert.« Keita war offenbar nicht der Einzige, der so entspannt war, denn der andere setzte ebenfalls ein gut gelauntes Lächeln auf, als wäre nichts gewesen. »Ihr seid echte Glückspilze. Der Bus ist nicht im Meer versunken und ihr beide seid sanft auf dem Bettzeug gelandet. Ich frage mich nur, wie das in den Bus gekommen ist?«

»Ah, das ist meins! Ich habe es neu bekommen und wollte es nicht mit der Spedition schicken.«

»Nanu? Wozu das denn? Im Wohnheim gibt es doch Betten! Hast du die Broschüre für neue Schüler etwa nicht richtig gelesen?«, fragte der Gutgelaunte und kicherte. Doch Kaoru-chan schien für diese Ausgelassenheit nicht viel Verständnis zu haben.

»Niwa, du vergisst wohl, wer für den Unfall verantwortlich ist!«

»Hey, hey! Natürlich vergesse ich das nicht.«

»Ach ja? Dann stell dich deiner Verantwortung! Und hör endlich auf, mich Kaoru-chan zu nennen!«

»Kaoru-chan, jetzt ist wirklich nicht der richtige Zeitpunkt ...«

»Schluss damit! Du sollst das bleiben lassen!«

Die Stimmung war von einem Moment zum anderen umgeschlagen. Keita konnte das Wortgefecht, das sich vor seinen Augen entspann, nicht länger mit anhören. »Ähm, Kaoru-chan...-san?«

Die beiden unterbrachen ihren Streit und sahen ihn schweigend an. Keita versuchte, sich von der Intensität ihrer Blicke nicht einschüchtern zu lassen. Er wollte sich nicht abwimmeln lassen und mehr über diesen Unfall wissen, der schließlich ihm selbst passiert war. »Was war denn überhaupt der Grund für den Unfall?«

Auf Keitas Nachfrage hin wechselten der immer noch missmutige Kaoru und der deutlich besorgte Niwa einen Blick. »Das ist ...«, begann Niwa, doch er unterbrach sich selbst mit einem hysterisch gekreischten »Auaaa!!«. Kaorus Ferse bohrte sich schmerzhaft in die Zehen seines rechten Fußes.

»Was ist denn, Niwa? Hast du irgendwas?« Mit geheucheltem Lächeln nahm Kaoru den Fuß von Niwas Zehen. Seine Scheinheiligkeit machte auch Keita zornig. Doch Kaoru ließ sich davon nicht beeindrucken, sondern hob selbst zu einer Erklärung an.

»Die Stromversorgung der Schule ist zusammengebrochen, weshalb das System auf Sicherheitsmodus umgeschaltet und die Brücke hochgezogen hat. Niwa hat da mal wieder etwas Idiotisches ins Rollen gebracht ...«

»Aha ...« Diese Erklärung brachte Keita nicht wirklich weiter. Sicherheitsmodus? Was sollte das sein? Und was hatte das mit der Brücke zu tun? Während er versuchte, die Fakten in seinem Kopf zu sortieren, begannen Niwa und Kaoru wieder mit ihrem Blickgefecht. Die Abneigung, mit der sie einander betrachteten, war nicht zu übersehen.

Keita wollte vermeiden, dass die beiden sich hier vor seinen Augen stritten – noch dazu seinetwegen – und beeilte sich abzuwiegeln: »Ach, aber was soll's. Schließlich wurde niemand verletzt!«

Der Gesichtsausdruck der beiden Streithähne veränderte sich umgehend. Niwa schien amüsiert, während Kaoru offensichtlich genervt war. Dann brach Niwa abrupt in Gelächter aus.

»Genauso ist es! Du hast die richtige Einstellung, Junge!«

»Wie meinst du das denn?« Kaoru war mit der Entwicklung offensichtlich nicht einverstanden. Missmutig starrte er Niwa an.

»Misch dich da nicht ein, Kaoru-chan. Ich wollte ihm doch nur ein Kompliment machen.« Niwa klopfte Keita noch einmal auf die Schulter.

» Willst du die Sache wirklich auf sich beruhen lassen? Obwohl viel Schlimmeres hätte passieren können?«

»Ja. Für mich ist alles geklärt.« Die Situation wurde Keita zunehmend unangenehm, doch Niwa legte nichtsdestotrotz seinen Arm um Keitas Schulter und raunte ihm ins Ohr: »Du gefällst mir. Wie heißt du?«

»Keita Ito.«

»Keita also. Ein hübscher Name! Ich bin Tetsuya Niwa, Präsident des Schülerrats. Und das ist Kaoru Saionji von der Finanzabteilung.«

Dieser Niwa ist ganz schön beeindruckend. Er lässt sich von Kaorus Einschüchterungsversuchen gar nicht verunsichern. Eigentlich würde ich mich lieber von ihm fernhalten ..., dachte Keita.

»Willkommen an der Bell Liberty High, Keita!«

Niwas breites Grinsen machte auf Keita nicht gerade einen vertrauenerweckenden Eindruck.

»Also, dann wollen wir mal eine kleine Führung machen. Komm mit, Keita! Dein Gepäck lassen wir gleich ins Wohnheim bringen.« Niwa nahm die Reisetasche mit Keitas Handgepäck und setzte sich in Richtung des Schulgebäudes in Bewegung. Keita konnte kaum mit ihm Schritt halten.

»Warte, Niwa! Ich komme mit.« Kaoru folgte ihnen, so als würde er Niwa die Betreuung des Neuen auf keinen Fall allein überlassen wollen.

»Na, dann komm. Bringen wir Keita ganz einträchtig in sein Klassenzimmer.«

»Auf deine Eintracht pfeife ich. Komm mit, Keita. Halte dich lieber nicht zu lange in seiner Gegenwart auf, sonst steckst du dich noch mit seiner Blödheit an.«

»Das sagt der Richtige!« Kaorus gehässige Blicke schienen Niwa beinahe zu gefallen – zumindest änderten die Sticheleien nichts an seinem gut gelaunten Grinsen.

Was für seltsame Vögel, dachte Keita und folgte den beiden ins Schulgebäude der Bell Liberty.

Die roten Ziegelmauern des Gebäudes wirkten fast verspielt, doch im Inneren herrschte die aufgeräumte Atmosphäre einer Eliteschule. Niwa und Saionji nahmen Keita in ihre Mitte und begleiteten ihn über den beinahe klinisch reinen Flur zu seinem Klassenzimmer. Keita wurde mit jedem Schritt nervöser. Die Schüler, die ihnen entgegenkamen, wandten sich alle nach ihnen um und tuschelten vereinzelt.

»Hast du das gesehen? O-sama und Jo-o-sama…!«

»Wisst ihr, wer das ist?«

Warum starrten ihn alle so an? Er versuchte, sich damit zu beruhigen, dass ein neues Gesicht an der Schule eben Aufsehen erregte, doch es schien mehr dahinterzustecken. O-sama und Jo-o-sama … Der König und die Königin? Damit mussten Niwa und Saionji gemeint sein. Die Spitznamen trafen den Nagel auf den Kopf, doch Keita fand das Ausmaß des Interesses, das das gemeinsame Auftreten der beiden offenbar erregte, mehr als ungewöhnlich. Was war das hier nur für eine Schule?

Schwungvoll öffnete Niwa die Tür zum Klassenzimmer und trat als Erster ein. Keita folgte ihm mit Saionji und hielt vor Nervosität den Atem an, als alle Blicke sich auf das Trio richteten.

Oh nein, alle sehen her … und es ist totenstill!, schoss es ihm durch den Kopf. Hektisch sah er sich im Klassenzimmer um, doch er war zu aufgeregt, um jeden Einzelnen seiner neuen Mitschüler wahrzunehmen. Niwa hingegen ließ sich von der Atmosphäre nicht beeindrucken.

»Hört mal her, Leute! Das ist euer neuer Mitschüler Keita Ito. Seid nett zu ihm, ja?«, verkündete er mit fester Stimme und tätschelte dabei Keitas Kopf. Nachdem sie Keita an seinen neuen Platz gebracht hatten, gingen Niwa und Saionji in ihre eigenen Klassenräume. Keita ließ sich am Fensterplatz in der letzten Reihe nieder, sein Blick wanderte durch das Klassenzimmer.

Die BL wurde von insgesamt 150 Schülern besucht, somit entfielen etwa 50 Schüler auf jeden Jahrgang. Bei Klassenleiterstunden versammelten sich alle Schüler eines Jahrgangs in einem Klassenzimmer. Für die anderen Fächer wurden je nach Leistungsstand Gruppen gebildet und der Unterricht in verschiedenen Räumen abgehalten.

Das heißt also, das hier ist etwa die Hälfte meines Jahrgangs, grübelte Keita. Ich wusste ja, dass wir nicht viele Schüler sind, aber so wenige ...!

Seine ehemalige Klasse hatte 34 Schüler und Schülerinnen, allein der Jahrgang bestand aus 170 Schülern. In den Pausen waren die Flure und Klassenzimmer von lebhaftem Treiben erfüllt gewesen. Ihm fiel sofort auf, wie groß und leer das Klassenzimmer hier im Gegensatz dazu war. Seine neuen Mitschüler versuchten sich offenbar gerade ein Bild davon zu machen, wie der Neue, der in Begleitung des Präsidenten des Schülerrats und des Leiters der Finanzabteilung gekommen war, wohl sein mochte. Während sie damit beschäftigt waren, alles für den Unterricht vorzubereiten und dabei wild durcheinanderredeten, warfen sie Keita immer wieder neugierige Blicke zu.

Vielleicht sollte ich den Anfang machen, dachte Keita. Er war noch nie in einer solchen Situation gewesen und hatte es nur zu gern Niwa und Saionji überlassen, die ersten Schritte für ihn zu regeln. Doch wenn er hier dazugehören wollte, konnte er nicht ewig schweigend dasitzen. Er nahm allen Mut zusammen und erhob sich, als im selben Augenblick eine Stimme hinter seinem Rücken ertönte.

»Ähm ... Keita?«

»Ja?« Erschrocken wandte er sich um und sah sich einem lächelnden Jungen gegenüber, der ihn neugierig anschaute.

»Hallo! Als ich gehört habe, dass wir einen Neuen bekommen, war ich ziemlich gespannt ...« Der Junge sah ihn freundlich an. Keita begann sich langsam zu entspannen.

»Hallo! Ich heiße Keita ...«

»Ito, richtig? Das hat O-sama vorhin ja schon gesagt. Ich bin Kazuki Endo. Woher kennst du O-sama und Jo-o-sama denn?« Die selbstverständliche Art und Weise, wie Kazuki vom »König« und der »Königin« sprach, machte Keita klar, dass es sich offensichtlich wirklich um die gebräuchlichen Spitznamen der beiden handelte. Merkwürdig, dass Saionji mit einem weiblichen Spitznamen bedacht wurde – und noch merkwürdiger, dass der Titel absolut passend war.

»Ich habe sie gerade erst kennengelernt. Der Bus, mit

dem ich hierherkam, hatte einen Unfall, und sie haben sich um mich gekümmert.«

»Einen Unfall? Ach, dann war das also der Grund für diesen Lärm vorhin?« Kazukis Blick wurde ernst.

»Keine Sorge! Der Bus ist nur ein paar Meter durch die Luft geflogen …« Keita bemühte sich, möglichst beiläufig zu klingen, um Kazuki nicht zu beunruhigen, doch seine Worte bewirkten das genaue Gegenteil.

»Durch die Luft?! Und dir ist nichts passiert?! Bist du nicht verletzt …?«

»Nein, alles okay. Du siehst ja, ich bin gesund und munter!« Keita war über Kazukis heftige Reaktion erschrocken. Trotz seiner Beteuerung, dass alles in Ordnung sei, neigte Kazuki sich zu ihm hinüber und vergewisserte sich mit ernstem Blick, dass er auch wirklich keine Verletzungen davongetragen hatte. Das Ganze war Keita äußerst peinlich.

»Endo?«

Der sah ihn noch einmal prüfend an. »Dir geht's also wirklich gut?« Als Keita bejahte, gab er sich endlich zufrieden. »Gut. Dann bin ich ja beruhigt!« Kazuki seufzte erleichtert auf. Über seine Anteilnahme war Keita beinahe gerührt, schließlich hatten sie einander eben erst kennengelernt, da war so viel Fürsorge recht außergewöhnlich.

»Ich hoffe, du lebst dich hier schnell ein, so überstürzt deine Ankunft auch war. Ich helfe dir dabei! Schön, dass du hier bist, Keita!« Kazuki klopfte ihm lächelnd auf die Schulter und Keita erwiderte das Lächeln. Keita hatte das Gefühl,

Kazuki würde ihm ein guter Freund werden und war darüber sehr froh.

In diesem Augenblick läutete die Glocke, die den Beginn des Unterrichts ankündigte. Die Schüler, die noch auf dem Korridor standen, huschten ins Klassenzimmer – in dieser Hinsicht war es hier genauso wie an seiner alten Schule.

»In der Pause führe ich dich ein bisschen herum, okay?«

»Danke!« Der erste Freund, den er an der neuen Schule gefunden hatte, schien von der fürsorglichen Sorte zu sein.

Kazuki machte sich auf zu seinem eigenen Platz, doch dann hielt er inne. »Keita?« Er wandte sich um und sah Keita mit schelmischem Blick in die Augen. »Nenn mich nicht Endo, sondern Kazuki, ja? Schließlich nenne ich dich ja auch beim Vornamen.«

Für einen Moment war Keita verwirrt, doch dann lächelte er. »Okay, Kazuki. Mach ich!«

In der Pause führte Kazuki seinen neuen Mitschüler wie versprochen durch die Schule. Da die Pause nur zehn Minuten dauerte, beschränkten sie sich auf das Gebäude, in dem sie sich befanden. Abschließend erklärte er ihm, auf das Fensterbrett gelehnt, auch die anderen Gebäude, die man durch die großen Fenster sehen konnte.

»Hier drüben befinden sich die Fachräume wie der Chemiesaal, der Biologiesaal und so weiter. Da hinten im Schatten versteckt sind die Turnhalle und gegenüber das Dojo für traditionelle Sportarten.«

»Sei vorsichtig, Kazuki!«

Vor lauter Eifer, Keita alles zu erläutern, hatte Kazuki sich immer weiter aus dem Fenster gelehnt. Er wiegelte Keitas Bedenken lachend ab und fuhr mit seiner Einführung fort. Dort lag das Kulturgebäude mit der Kunstwerkstatt, dort die Bibliothek und im Zentrum die Kantine.

»Da können wir uns mittags die Bäuche vollschlagen! Ich erkläre dir später, wie alles genau funktioniert.«

Dieser Kazuki schien wirklich Freude daran zu haben, sich um andere zu kümmern. Obwohl er wie Keita in der ersten Stufe war, schien er sich in der Schule bereits hervorragend auszukennen – was auf große Begeisterung für die BL schließen ließ. Keita glaubte, Kazuki in dieser Hinsicht gut verstehen zu können.

Ich fühle mich richtig geehrt, dass ich ein Teil dieser Schule sein darf ..., sinnierte er vor sich hin.

»Da fällt mir noch etwas ein! Willst du dir nach dem Unterricht die AGs ansehen, die es hier so gibt? Ich komme mit, wenn du willst.«

»Wirklich nett von dir ... Aber ich weiß nicht, ob es hier überhaupt etwas für mich gibt ...« Ab und an hatte Keita die Aktivitäten der BL-Schüler auf den Sport- und Kulturseiten der Zeitung verfolgt. Mit diesen Profis gemeinsam zu trainieren, konnte er sich beim besten Willen nicht vorstellen. Er war verunsichert.

»Mach dir keine Sorgen! Jeder fängt doch mal klein an.« Kazukis Worte waren nett gemeint, doch Keita konnte sich nicht so recht überwinden, das Angebot anzunehmen. Kazuki schien seine Bedenken zu spüren und sprach aufmunternd weiter. »Wofür interessierst du dich speziell? Kunsthandwerk vielleicht? Die Jungs dort sind wirklich nett und würden dir alles in Ruhe erklären.«

Ausgerechnet Kunsthandwerk? Sofort musste Keita an Mädchen denken, die Maskottchen und Schlüsselanhänger bastelten. »Meinst du wirklich, das wäre etwas für mich? Was sind das denn dort für Typen? Nett finde ich hier bisher eigentlich alle …«

»So sind sie!«, lachte Kazuki und deutete mit dem Zeigefinger auf sich selbst.

Lachend verabredeten sie sich für den Nachmittag.

Nach dem Unterricht zeigte Kazuki Keita wie vereinbart die AGs der Schule. Wie schon das Schulgebäude waren auch die Sporthalle und der Dojo hinsichtlich ihrer Modernität und Ausstattung nicht mit Keitas alter Schule zu vergleichen. Auch das Niveau der Schüler, die er beim Training beobachtet hatte, verschlug ihm die Sprache.

Die Mannschaft der Fecht-AG hatte bereits an internationalen Wettkämpfen teilgenommen. Die Hälfte der AG-Mitglieder konnte sich Hoffnungen auf eine Olympiateilnahme machen. Und bei der Tischtennis-AG konnte er den Ballwechseln kaum mit dem Auge folgen. Die AGs waren wie erwartet viel zu anspruchsvoll für ihn. Hier würde er niemals mithalten können. Auch wenn es eine nette Geste von

Kazuki war, ihm alles zu zeigen, war die Teilnahme an einer AG schließlich nicht verpflichtend, und Keita beschloss, besser darauf zu verzichten.

Als sie die Sporthalle verließen, seufzte Keita laut auf.

»Was ist denn, Keita? Es gibt wirklich keinen Grund, eingeschüchtert zu sein!«

»Mag ja sein, aber …« Keita dachte noch einmal darüber nach. Es gab keine Sportart, für die er besonderes Interesse hegte. In seiner alten Schule war er Mitglied in der Theater-AG gewesen, allerdings hauptsächlich, um Zeit mit seinen Freunden zu verbringen. Auch wenn er sich alle Mühe gegeben hatte, hatte er doch nie eine Rolle bekommen. Doch an der BL gab es keine Theater-AG. Beim Kyudo schienen sie geduldig mit Anfängern zu sein, aber irgendwie … Keita musste plötzlich grinsen.

»Was ist denn?«

»Ach, nichts. Ich musste nur an die Sache von vorhin denken.«

»Welche Sache?«

»Na, beim Bogenschießen.«

Sobald er das Wort erwähnte, senkte Kazuki missmutig den Blick. Auf dem Bogenschießplatz hatte Keita den AG-Leiter Koji Shinomiya kennengelernt. Der energische Schüler, der an einen jungen Krieger erinnerte, war gleichzeitig Leiter des Wohnheims und anscheinend ein gewissenhafter Charakter, der Keita sofort ans Herz legte, die Heimregeln durchzulesen und einzuhalten.

»Keine Sorge, ich habe ein Auge auf ihn!«, hatte Kazuki eingeworfen, um Keita in Schutz zu nehmen. Doch damit hatte er das Gegenteil bewirkt. Koji Shinomiya hatte Kazuki daraufhin einen kritischen Blick zugeworfen.

»Bevor du ein Auge auf andere hast, solltest du dich lieber einmal um dein eigenes Verhalten kümmern. Ito, damit das klar ist: Wie Endo ohne Genehmigung auswärts zu übernachten, ist verboten!«

Auswärts zu übernachten? Etwas Derartiges hatte Keita von einem vermeintlichen Musterschüler wie Kazuki gar nicht erwartet, und er erschrak. Doch als er Kazuki einen fragenden Blick zuwarf, wich dieser ihm beschämt lächelnd aus.

»Du bist ja ein ganz schöner Draufgänger!«, neckte ihn Keita, der sich über Kazukis Gesichtsausdruck amüsierte.

»Was soll das denn heißen? Bin ich gar nicht. Schau nur, wie nett ich mich um dich kümmere.« Kazuki bemühte sich, scherzhaft zu klingen, doch sein gequältes Lächeln gab Keita trotz allem Anlass zu der Vermutung, dass er tatsächlich aus dem Wohnheim entwischt war. Kazuki war bei diesem Thema offensichtlich nicht wohl und er bemühte sich, davon abzulenken.

»Da vorn ist die Tennis-AG.«

Auf dem weitläufigen Gelände reihten sich vier Tennisplätze aneinander. Sie wirkten sehr gepflegt und verfügten sogar über eine Flutlichtanlage, damit man auch bei Dunkelheit spielen konnte.

»Wow, Wahnsinn!«, entfuhr es Keita beim Anblick des

Platzes. Auch die geschmeidigen Bewegungen der Tennisspieler, die die Bälle hin und her spielten, beeindruckten ihn. Alle vier Plätze waren besetzt und wurden offenbar für individuelles Training genutzt. Ein Spieler fiel Keita sofort auf.

»Gut, das war's! Achte auf deine Beinarbeit. Kawahara, du bist der Nächste!«

Offensichtlich war das der Trainer. Die einzelnen Spieler traten abwechselnd gegen ihn an und er wies sie auf ihre Schwachpunkte hin. Obwohl er auf dem großen Tennisplatz leichtfüßig herumsprang, geriet er kein bisschen außer Atem. Seine muskulösen, wohlgeformten Beine flitzten über den braunen Untergrund.

»Der ist ja irre ...!«

»Ja, das ist Naruse. Er ist wirklich irre. Obwohl er erst in der zweiten Stufe ist, leitet er das Training und ist als Spieler landesweit unter den Besten.«

Während er Kazuki zuhörte, folgten Keitas Augen Naruses Bewegungen. Nicht nur sein Spiel, vor allem er selbst zog die Blicke auf sich. Sein zu einem Pferdeschwanz zusammengebundenes, weiches langes Haar bewegte sich bei jeder Bewegung und schimmerte im Licht golden. Obwohl er gerade trainierte, war seine Miene entspannt. Ein geheimnisvolles Lächeln lag auf seinen Lippen. Keita sah ihm sofort an, dass er das Tennisspiel leidenschaftlich liebte. Während er dem Ball nachjagte und seine strengen Anweisungen gab, versprühte er eine besondere Energie. Am meisten jedoch beeindruckte Keita seine anziehende Ausstrahlung. Unwillkürlich musste

Keita an Sajonji denken. So gut »Jo-o-sama« auch aussah, seine fast überirdische Schönheit wirkte eher kühl. Im Vergleich dazu erschien Naruse wie der strahlende Sonnenschein.

»Na, bist du hin und weg, Keita?« Obwohl Kazuki dies betont scherzhaft gesagt hatte, verdüsterte sich sein Gesicht bei diesen Worten. Doch Keita winkte ab und errötete ein wenig. Das hatte gesessen. Kazuki verzog den Mund spöttisch, als würde er sich über Keita amüsieren, und zog ihn noch ein bisschen auf: »Kein Wunder. Bei Naruse wird fast jeder schwach. Er hat sogar Fans beiderlei Geschlechts an anderen Schulen ...«

»Beiderlei Geschlechts?«

»Genau. Männlein und Weiblein.«

Bei seiner Begabung war es nicht verwunderlich, dass er von Tennisfans angehimmelt wurde. Doch Kazukis Formulierung beinhaltete mehr als nur das ...

Heißt das etwa ... Hm ... Keita geriet ins Grübeln. Er hatte plötzlich ein seltsames Gefühl. Irgendetwas ließ ihn nicht los.

»Hey, Keita. Sollen wir weiter?« Kazuki wechselte das Thema, als ob er Keitas Verwirrung bemerkt hätte. Doch bevor Keita auch nur einen Schritt machen konnte, ertönte plötzlich eine Stimme vom Tennisplatz her.

»Hey, du da! Hast du mir zugesehen?«

Als Keita sich umdrehte, war Naruse an den Zaun getreten und sah ihn direkt an. So unerwartet angesprochen zu werden brachte Keita aus dem Konzept. Sein überstürztes

»Ja« quittierte Naruse mit einem Grinsen, so als habe sein Gegenüber etwas Komisches gesagt.

»Naruse-san, was gibt's?«, stellte Kazuki sich plötzlich zwischen sie. Erleichtert atmete Keita auf. Naruses Blick hatte ihn auf eigenartige Weise durchdrungen und ein beunruhigendes Gefühl ausgelöst. Möglicherweise hatte Kazuki mit seiner Andeutung bezüglich Naruses Fangemeinde dazu beigetragen.

»Ich wollte nur wissen, wer mir da zugesehen hat. Wie heißt du denn?«

»Keita Ito...« Noch immer durchbohrte Naruses Blick ihn förmlich, beinah, als wolle er den Wert einer Ware abschätzen.

»Ähm ...«

»Ach, entschuldige bitte, dass ich dich so anstarre. Aber du bist einfach zu niedlich!«

»Niedlich ...?«, fragte Keita unwillkürlich zurück. Von einem Kerl bei der ersten Begegnung als niedlich bezeichnet zu werden, kam definitiv überraschend. Auch Kazuki starrte Naruse nun mit zusammengekniffenen Augen an.

»Warte mal!« Mit diesen Worten trat Naruse vom Platz und baute sich direkt vor Keita auf. »Ich habe ja ganz vergessen, mich vorzustellen. Mein Name ist Yukihiko Naruse. Ich leite die Tennis-AG.«

»Das hat Kazuki mir schon erzählt. Sie spielen verdammt gut!«

»Hm ... Kazuki also ...«

Kazuki warf Naruse einen durchdringenden Blick zu.

»Ja, und?« Ihre Blicke blieben kurz aneinander heften, dann wandte sich Naruse wieder an Keita und lächelte ihn breit an. »Bist du etwa der Neue? Habe schon von dir gehört.«

»J…Ja. Ich bin heute erst hier angekommen…«

»Ah. Ich war schon sehr gespannt auf dich. Herzlich willkommen!«

»D…Danke.« Auch wenn seine Blicke ihn aus dem Konzept gebracht hatten, dieser Naruse schien doch ein ganz netter Kerl zu sein.

»Alles Gute, Keita.« Naruse streckte ihm plötzlich die rechte Hand entgegen, um ihn elegant zu einem Handschlag einzuladen. Keita gab ihm die Hand und bedankte sich erneut.

Was für eine große Hand! Der Tennisschläger hatte an den Fingern hier und dort schon harte Hornhaut hinterlassen. Naruse war noch kräftiger als erwartet. Während er Keitas Hand fest umschlossen hielt, zog er ihn plötzlich dicht an sich heran.

»Keita?!« Kazuki packte ihn rasch an der Schulter und befreite ihn aus Naruses Griff.

»Kazuki? Was …«

»Naruse-san!«

»Was hast du denn, Endo?«

Was war das denn eben? Kazuki warf Naruse einen zornigen Blick zu, doch der grinste nur überheblich.

»Sag mal, Endo, ihr beide seid wohl befreundet?«

»Ja, sind wir. Warum?«

»Ach, nur so. Aber wenn ihr wirklich nur Freunde seid, soll's mir recht sein.« Naruse grinste breit, doch Kazukis Laune war nun endgültig am Boden.

»Wir gehen dann mal.« Kazuki packte Keitas Hand und zog ihn ungefragt mit sich fort.

»Hey, Kazuki ...« Was soll das alles? Wieso reagiert er so heftig? Naruse fühlt sich jetzt sicher vor den Kopf gestoßen, vermutete Keita. Er wandte sich hastig nach Naruse um und dieser warf ihm eine Kusshand zu.

»Komm bald wieder vorbei, Keita! Ich bin jederzeit für dich da!«

Die erste Kusshand seines Lebens – Keita war so verdutzt, dass er zu keinem klaren Gedanken fähig war.

Während er Keita noch zuzwinkerte, der von Kazuki weitergezogen wurde, murmelte Naruse amüsiert vor sich hin: »Keita Ito also. Nicht schlecht. Entzückend!«

Sie marschierten über den Sportplatz, weg von den Tennisplätzen und direkt auf das Schulgebäude zu. Dort endlich löste Kazuki seine Finger, die er um Keitas Hand geschlossen hatte, und seufzte laut auf. Er schien durch die weite Strecke, die sie so hastig zurückgelegt hatten, ganz außer Atem.

»Uff ... Das war ja ein Ding!«

»Das musst du gerade sagen! Ich bin auch ganz schön erschrocken, dass du Naruse-san gegenüber so unhöflich warst!«

Kazuki hatte sich gegen die Mauer des Schulgebäudes gelehnt und sah Keita an. Er wirkte mit einem Schlag verlegen. Keita fragte noch einmal nach, warum er sich so verhalten hatte, doch Kazuki rieb sich nur die Wange und schwieg.

»Sag mal, ist es dir denn gar nicht aufgefallen, Keita?«

»Was denn?«

Doch Kazuki beließ es bei seiner Andeutung. »Wenn du es selbst nicht gemerkt hast, vergiss es lieber. Aber trotzdem ...« Kazuki wirkte immer noch verlegen. Keita konnte sich nicht erklären, weshalb.

War er wirklich so schwer von Begriff? Oder wollte er nicht glauben, was er sich nicht vorstellen konnte? Für Kazuki, der alles beobachtet hatte, war es dagegen offensichtlich, dass Naruse versucht hatte, Keita zu küssen, als er ihn zu sich herangezogen hatte.

»Hör mal, Keita. Ich dachte vorhin, ich müsste es nicht extra erwähnen, aber du solltest wissen, dass Naruse nicht einfach nur ein Herzensbrecher ist ...«

Nachdem Kazuki ihm erklärt hatte, was er damit meinte, war Keita perplex.

»Das ist nicht dein Ernst!«

»Doch. Wenn er einmal Gefallen an jemandem gefunden hat, ist es ihm gleichgültig, mit welchem Geschlecht er es zu tun hat.«

Er hatte ja schon gehört, dass Naruse Fans beiderlei Geschlechts hatte, und ohne Frage waren ihm seine Blicke aufgefallen. Doch konnte es wirklich sein, dass er sich für ihn, Keita, interessierte?

»Trotzdem war es unhöflich, einfach so wegzulaufen. Er hat ja schließlich nichts Schlimmes getan …!«

»Keita …« Jetzt begriff Kazuki, dass Keita offensichtlich wirklich keine Ahnung hatte. So sehr Kazuki sich auch bemühte, Keita verstand seine Andeutungen offenbar nicht.

Doch Keita verstand sehr wohl. Aber Naruse war ein erfolgreicher Tennisspieler. Einer wie er würde doch kaum versuchen, ausgerechnet ihn zu küssen … Dieser Gedanke war für Keita mehr als abwegig.

In diesem Augenblick ertönte eine schrille Stimme hinter ihnen. »Hab ich dich!!«

Als sie sich umwandten, raste ein Junge auf einem Mountainbike auf sie zu.

»Uah, Vorsicht …!« Einen Zentimeter vor Keitas Fuß kam das Rad zum Stehen. »Keine Sorge! Alles unter Kontrolle!« Selbstbewusst lächelte der Junge die beiden mit blitzenden Augen von seinem Fahrrad aus an. Sein wild abstehendes kurzes Haar und das sympathische Gesicht vermittelten den Eindruck, dass er ein echter Schelm sein musste.

»Du bist doch Keita Ito, oder? Der Neue!«

»Äh, ja …«

»Hm. Gut, gut. Wie bist du hierhergekommen? Hast du den Platz bei irgendeinem Wettbewerb gewonnen?«

»Äh, nein …« Keita fühlte sich von den neugierigen Blicken in die Ecke gedrängt. Er selbst hätte ja auch nur zu gern gewusst, wie er es an die BL geschafft hatte. Also beschloss er, ehrlich zu sein.

»Ich habe selbst keine Ahnung.«

»Wie bitte? Du hast keine Ahnung? Was heißt das?«

»Ähm ... Na ja, die Bescheinigung habe ich zwar erhalten, aber es stand nicht dabei, warum ich aufgenommen werde.«

Kazuki merkte, dass Keita durch die Fragerei seines Gegenübers ins Schwitzen geriet und sprang ihm bei. »Lass gut sein, Shunsuke. Er sagt doch, er weiß es nicht.«

»Ja, aber ... Merkwürdige Geschichte. Mitten im Schuljahr zu wechseln, das gab's doch noch nie! Irgendwas Besonderes muss er doch draufhaben, dass für ihn 'ne Ausnahme gemacht wurde. Oder?«, bohrte Shunsuke nach und starrte Keita an – offenbar war er nun noch neugieriger geworden.

Kazuki stöhnte genervt auf.

»Shunsuke, was wolltest du eigentlich von Keita? Warum hast du ihn denn gesucht? Oder wolltest du ihn nur ausfragen?«

»Ah, stimmt ja! Mein Auftrag!«

»Auftrag?«

»Ich hab was zu überbringen. Schließlich bin ich der Bote hier an der Akademie. Wenn du mal was verschicken willst, dann wende dich einfach an mich.«

Er zog seine Visitenkarte hervor: *Shunsuke Taki – für eine Essensmarke aus der Kantine bin ich Euer Lieferbote!*, stand neben seiner Handynummer darauf.

»Und was sollst du mir überbringen?«

So weit er sehen konnte, war Shunsuke mit leeren Händen gekommen.

»Eine Botschaft. O-sama möchte, dass du ins Zimmer des Schülerrats kommst.«

Kaum hatte er dies ausgesprochen, machte Shunsuke sich auch schon wieder mit seinem Fahrrad auf und davon.

»Woher wusste er überhaupt, dass ich Keita Ito bin?«

Keita war Shunsukes Auftritt und sein abrupter Abschied zu schnell gegangen.

»Wir sind nicht besonders viele Schüler an der Akademie. Außerdem hat Shunsuke ein besonderes Gedächtnis für Gesichter und Namen – er kennt auch sämtliche Lehrer und Angestellten.«

»Wow! Ich kann mich gar nicht erinnern, dass er in unsere Klasse geht ...?« Shunsuke war ihm den ganzen Tag über nicht aufgefallen. Vielleicht war er heute gar nicht im Unterricht gewesen?

»Shunsuke ist in der zweiten Stufe und unser Sempai.«

»Was? Aber warum nennst du ihn dann einfach bei seinem Vornamen?«

»Er will das so, sonst wird er wütend. Komm bloß nicht auf die Idee, ihn Taki-san zu nennen!«

Shunsuke wirkte mit seinem jungenhaften Gesicht tatsächlich eher wie ein kleiner Bruder, und die Vorstellung, ihn »Taki-san« zu nennen, war wirklich befremdlich. Aber ...

Am Morgen hatte er O-sama und Jo-o-sama, den König und die Königin, getroffen. Später dann den pflichtbewussten Leiter der Kyudo-AG sowie den Tennis-Playboy. Und jetzt auch noch der Auftritt des Fahrradkuriers der Schule ...

An der BL schien es von Exzentrikern nur zu so wimmeln. Keita war noch nicht einmal einen halben Tag dort und fühlte sich schon überfordert.

»Was hast du, Keita?«

»Ach, nichts.« Er sah Kazuki an und war erleichtert. Kazuki war ein ganz normaler Typ. Keita war heilfroh, dass ausgerechnet er sich um Kontakt zu ihm bemüht hatte.

»Dann gehen wir?«

»Wohin denn?«

»Zum Schülerrat. Du hast doch gehört, was Shunsuke gesagt hat.«

Als sie die Tür zum Zimmer des Schülerrats öffneten, fielen ihre Blicke auf einen Schreibtisch, auf dem sich Unterlagen und Akten stapelten.

»Da bist du ja, Keita. Ich habe dich schon erwartet.« Niwa hatte den Blick von den Unterlagen erhoben, als Keita eingetreten war, und war erfreut von seinem Stuhl aufgestanden.

»Niwa!«

Der Unbekannte, der die Unterlagen, die durch Niwas Aufstehen beinahe vom Tisch gefallen wären, gerade noch festhalten konnte, sah ihn missmutig an.

»Schon gut, Nakajima. Das ist Keita Ito.«

»Ähm, also ...« Durch die dünnen Brillengläser wurde ihm ein schneidender Blick zugeworfen, der Keita für einen Moment aus dem Konzept brachte. Der junge Mann, der ihm gegenüberstand, war das Ideal eines perfekten Musterschülers. Die silbern umrahmte Brille verlieh ihm eine äußerst intelligente Ausstrahlung. Der wohlgeformte, schmale Körper überragte Keita um einiges und konnte sich neben dem gut gebauten Niwa durchaus sehen lassen. Keita war verunsichert, wie sollte er da mithalten?

»Ich bin Hideaki Nakajima, stellvertretender Präsident des Schülerrats. Willkommen an der BL-Akademie, Ito.« Als Nakajima ihn anlächelte, wurde sein Ausdruck etwas milder. Es hatte ausgesehen, als sei er verärgert, doch das hatte Keita sich womöglich nur eingebildet. Keita verneigte sich und erwiderte die Begrüßung, akribisch verfolgt von Nakajimas Blicken.

»Ich ...« Nakajimas Blicke waren nicht so aufdringlich wie die von Naruse zuvor auf dem Tennisplatz. Trotzdem fragte sich Keita, warum ihn alle so anstarrten. Er hob zu sprechen an, doch Niwa kam ihm zuvor und löste die gespannte Atmosphäre.

»Hab ich's nicht gesagt? Kein einziger Kratzer, trotz dieses heftigen Unfalls! Ein echter Glückspilz!« Niwa strahlte fröhlich und klopfte Nakajima auf die Schulter.

»Ja, scheint so.«

Niwa hatte Nakajima also offensichtlich von dem Unfall erzählt. Ob Nakajima sich auch Sorgen um ihn gemacht hatte? Die Vorstellung behagte Keita nicht gerade.

»Es tut mir wirklich leid, was heute Morgen passiert ist.«

»W...Was?« Die unerwartete Entschuldigung verwirrte Keita. Nakajima fuhr mit schuldbewusstem Blick fort.

»Auslöser für den Unfall war ein Missverständnis zwischen Schülerrat und Finanzabteilung.«

»Missverständnis …?« Keita verstand nicht, was das zu bedeuten hatte.

»Niwa! Erklär du ihm, worum es ging.« Mit zerknirschter Miene gab Nakajima das Wort an Niwa weiter.

»Ehrlich gesagt ist das Ganze passiert, weil dieser Schlaumeier versucht hat, sich in den Rechner der Finanzabteilung einzuhacken.«

»Das war aber nicht der einzige Grund!«

Niwa ließ sich von Nakajimas eingeschnapptem Zwischenruf nicht bremsen.

»Als das aufgeflogen ist, hat Shichijo sich ebenfalls mit einem Hacking-Angriff gerächt.«

»Shichijo …?«

»Das ist Kaoru-chans Schoßhündchen. Du lernst ihn sicher bald kennen.« Niwa war ungewöhnlich wortkarg geworden. Er warf Nakajima einen unsicheren Blick zu und fuhr dann fort: »Dann hat er hier keinen anderen Ausweg gesehen, als die Stromversorgung zu kappen …« Zwischen den Zeilen war klar herauszuhören, wie wütend Niwa deswegen war.

»Das heißt, Nakajima-san ist schuld daran, dass Keita fast ums Leben gekommen wäre?!« Kazuki hatte bis hierhin geschwiegen, doch nun platzte ihm der Kragen.

»Kazuki, bitte reg dich nicht auf …«

»Wie meinst du das, Keita?!«

»Lass gut sein. Es ist schließlich nichts passiert.«

Nakajima schienen die Vorwürfe kaltzulassen. »Schon seltsam ...« Er schob seine Brille nach oben und dachte laut nach. »Normalerweise schaltet sich der Sicherheitsmodus nicht wegen eines simplen Stromausfalls ein.«

Niwa pflichtete ihm bei. »Ja, das ist in der Tat eigenartig. Bei dem Gewitter vor einiger Zeit gab es auch einen Stromausfall, aber nichts dergleichen ist passiert ...«

Die beiden waren in Gedanken versunken, und auch Kazuki schien ins Grübeln zu geraten, denn er seufzte laut auf und verfiel dann in neuerliches Schweigen. Das Zimmer, das bis obenhin mit Unterlagen und Akten vollgestapelt war, versank in Stille. Über Keitas Gesicht blitzte ein erleichtertes Lächeln, weil die Diskussion nicht weiter ausgeartet war.

»Übrigens ... Warum wurde ich hierher bestellt?«

O-sama wolle ihn sehen, hatte Shunsuke gesagt. Keita warf Niwa einen Blick zu, und dieser klatschte in die Hände, als sei es ihm gerade eben wieder eingefallen.

»Wir geben heute Abend eine Willkommensparty für dich in meinem Zimmer! Du bist herzlich eingeladen. Na?«

»Eine Willkommensparty ...?«

»Ist ziemlich ungewöhnlich, dass jemand mitten im Schuljahr zu uns kommt. Darauf sollten wir anstoßen!« Er tätschelte Keitas Kopf und grinste gönnerhaft. So unangenehm Keita das übergriffige Verhalten auch war, freute er sich doch über Niwas Geste und nickte freudestrahlend.

Zusammen mit Kazuki verließ er den Raum des Schülerrats unter zahlreichen höflichen Verbeugungen. Die ursprüngliche Ruhe kehrte wieder im Raum ein. Nakajima betrachtete den gut gelaunten Niwa von der Seite und ging ans Fenster zur Kaffeemaschine. Draußen sah er, wie Keita und Kazuki ins Wohnheim zurückkehrten. Keita amüsierte sich offenbar über irgendetwas und trippelte leichtfüßig um Kazuki herum. Nakajima beobachtete ihn einen Moment lang und fühlte sich an einen jungen Welpen erinnert.

»Ito also ...«

»Was meinst du, Hide?«

»Ach, nichts.« Ein Grinsen flog über Nakajimas Gesicht, bevor er sich wieder Niwa zuwandte. »Das ist also der berühmte Neue? Erscheint mir ja nicht gerade sehr vielversprechend.«

»Sag so was nicht. Ich finde ihn gar nicht schlecht.« Niwa nahm den Kaffee entgegen und lächelte milde. Auch wenn er bisher nur kurz mit ihm gesprochen hatte, war er sich bereits jetzt sicher, dass Keita ein unkomplizierter, sympathischer Kerl war.

»Also, was machen wir? Wegen der Leibwache, meine ich?«, fragte Nakajima.

»Du meinst die Anordnung des Rektors?«

Niwa nahm den Ordner, den er ganz oben auf dem Regal vor neugierigen Blicken versteckt hatte, in die Hand und blätterte darin. »Mir gefällt das Ganze nicht. Diese Anweisung erscheint mir ziemlich willkürlich, auch wenn sie vom Rektor persönlich stammt.«

»Diese Geheimniskrämerei ist doch nichts Neues. Außerdem hast du eben selbst gesagt, der Kleine gefällt dir.« Nakajima lachte vielsagend, was ihm einen intensiven Blick von Niwa einbrachte. Er hatte wieder einmal das Gefühl, dass Nakajima in ihm las wie in einem offenen Buch.

»Was ist mit dir, Hide? Du scheinst mir durchaus auch interessiert zu sein.«

Nakajima schlürfte genüsslich seinen schwarzen Kaffee und lächelte vielsagend in sich hinein.

»Wer weiß ...«

Seit seiner Ankunft in der BL-Akademie waren zwei Wochen vergangen. Keita saß in der Schulkantine auf dem Platz nahe dem mittleren Fenster, der inzwischen zu seinem Stammplatz geworden war, und aß zu Mittag. Normalerweise saß Kazuki bei ihm, doch der hatte sich den ganzen Tag noch nicht blicken lassen, auch nicht im Unterricht.

»Na, heute ganz allein?« Als Keita sich nach der freundlichen Stimme umwandte, stand Shichijo zusammen mit Saionji hinter ihm.

»Ja. Kazuki habe ich heute noch gar nicht gesehen.«

Niwa hatte Omi Shichijo als »Kaoru-chans Schoßhündchen« bezeichnet, und tatsächlich war der höfliche Shichijo stets an Saionjis Seite anzutreffen.

»Oh, dann bist du sicher einsam, nicht?« Mit diesen Worten zogen Shichijo und Saionji wieder ab. Keita fühlte sich plötzlich wirklich einsam. Lag es an Shichijos Worten oder daran, die beiden in trauter Zweisamkeit zu sehen? Was mochte nur mit Kazuki los sein? Er hatte gestern keinerlei Andeutungen gemacht … Ob er krank geworden war? Keita nahm sich vor, nach dem Essen bei Kazuki im Wohnheim vorbeizuschauen. Die luftig gebratene, heiße Eierrolle konnte er so ganz allein nicht wirklich genießen. Er beeilte sich also, das Mittagessen hinter sich zu bringen, und erhob sich dann von seinem Platz. Im selben Moment ertönte das Signal, das eine Lautsprecherdurchsage ankündigte.

»Keita Ito aus Stufe eins soll bitte unverzüglich im Büro des Rektors erscheinen. Ich wiederhole. Keita Ito …«

Im Büro des Rektors? Was sollte er denn dort? Doch auch als die Durchsage wiederholt wurde, erklang wieder Keitas Name. Es schien dringend zu sein, also blieb ihm keine andere Wahl, als den Besuch bei Kazuki zu verschieben und sich ins Büro des Rektors aufzumachen.

Der Raum lag im obersten Stockwerk des Verwaltungsgebäudes. Als Keita an die Tür klopfte und eintrat, sah er sich einem Mann gegenüber, der auf einem exklusiven Couchensemble Platz genommen hatte und eine Zigarette rauchte. Er warf Keita einen unwilligen Blick zu.

»Was willst du hier?«

»Ich bin Keita Ito. I…Ich komme wegen der Durchsage …«

Der Mann hatte ihn mit seiner offensichtlich schlechten Laune verunsichert.

Was soll das denn?, fragte er sich. Ich dachte, ich soll dringend hier erscheinen …?

»Ach, du bist das. Genauso habe ich mir dich vorgestellt …«

Allmählich wurde Keita wütend. Auch wenn sein Gegenüber älter war als er, es stand ihm nicht zu, ihn gleich bei der ersten Begegnung so zu beleidigen.

»Und wer sind Sie?«

»Was, du kennst mich nicht? Ich bin Kuganuma, der Vizerektor. Hast du etwa die Einführungsbroschüre nicht ordentlich gelesen?«

Keita konnte sich in der Tat nicht daran erinnern, doch er entsann sich, dass den Unterlagen, die er vor Schulantritt erhalten hatte, tatsächlich ein Gruß des Rektors beigelegt war, den er jedoch nur überflogen hatte.

»Weshalb sollte ich denn hierherkommen?«

Kuganuma erwiderte mit kühler Miene: »Um gleich auf den Punkt zu kommen: Bei deiner Aufnahme an der Bell Liberty High handelt es sich um einen Fehler. Wir bitten dich um deinen Rücktritt.«

»Was …?«

Was sagt er da? Meine Aufnahme … ein Fehler? Rücktritt? Keita war wie versteinert.

»Pass auf: Du weißt ja, dass dies eine ganz besondere Akademie für außergewöhnlich talentierte Schüler ist. Einen Durchschnittstypen wie dich brauchen wir hier nicht.«

»Einen Moment bitte! Rücktritt …? Das sehe ich überhaupt nicht ein!«

»Ich kann mir vorstellen, dass dir das widerstrebt. Und

wir sind ja auch keine Unmenschen. Deshalb geben wir dir einen Monat Zeit, dich nach einer neuen Schule umzusehen.«
Doch damit gelang es Kuganuma nicht, Keitas Widerstand zu brechen. Einen Monat Zeit? Sollte er sich damit etwa zufriedengeben? Er warf Kuganuma einen düsteren Blick zu, und dieser steckte sich eine neue Zigarette an und blies den Rauch übertrieben kräftig aus.

»Du glaubst also, für diese Schule geeignet zu sein? Was sind denn deine besonderen Fähigkeiten?«

»Das ...«

»Der Rektor hat deine Aufnahme an der Schulleitung vorbei beschlossen. Darf ich fragen, in welcher Beziehung du zu ihm stehst? Wie hast du es geschafft, dir die Aufnahme an unserer Akademie zu erschleichen?«

»Erschleichen ...? Ich habe nichts Derartiges getan!«

»Lüg nicht! Jemand wie du würde es ohne List niemals schaffen, bei uns aufgenommen zu werden.«

Es versetzte Keita einen Stich, dass er hier offensichtlich so wenig willkommen war. Aber es stimmte. Er hatte sich selbst die ganze Zeit gefragt, warum man ihn für die Akademie ausgewählt hatte. Doch inzwischen fühlte er sich hier so wohl, dass er sich keine Gedanken mehr darüber gemacht hatte. Und ausgerechnet jetzt sollte alles schon wieder vorbei sein ...

»Streite es ruhig ab. Das ändert nichts daran, dass dein Ausschluss beschlossene Sache ist.«

»Aber ...«

»Und jetzt verschwinde. Dieses Büro ist kein Aufenthaltsraum für Schüler!«

»Warten Sie! Ich ...« Keita wollte sich nicht so einfach geschlagen geben, doch als Kuganuma ihm damit drohte, das Sicherheitspersonal zu rufen, zog er sich notgedrungen aus dem Büro des Rektors zurück. Die schwere Tür wurde ihm vor der Nase zugeschlagen.

Keita verstand die Welt nicht mehr. »Was war das denn? Was mache ich jetzt nur?«

Kuganuma war so abweisend gewesen, dass jede weitere Bemühung sinnlos war. Doch er wollte die Flinte auch nicht so einfach ins Korn werfen. Auf wackligen Beinen zog er von dannen und trat aus dem Verwaltungsgebäude. Unter dem beinahe unerträglich blauen Himmel setzte er sich auf eine Bank im Innenhof um seine Gedanken zu ordnen.

Ausschluss? Warum auf einmal ...? Gut, ich bin wirklich nur ein durchschnittlicher Schüler ... nicht so schlau wie die anderen, und besondere Fähigkeiten habe ich auch nicht, aber ... Ich will hier nicht weg! Jetzt habe ich mich hier eingewöhnt und bin total begeistert ... Ich will hierbleiben! Zusammen mit den anderen!, dachte Keita verzweifelt. Er legte den Kopf in die Hände und knirschte mit den Zähnen. Etwas Warmes stieg in seinen Augenwinkeln auf, die Tränen waren kurz davor, ihm übers Gesicht zu rinnen.

Nicht heulen!, ermahnte er sich. So einfach lasse ich diesen Kerl nicht gewinnen! Rausschmeißen wollt ihr mich? Wartet nur ab!

Doch dass Keita gehen musste, schien bereits durch den Rektor abgesegnet zu sein. Wie konnte er dem noch etwas entgegensetzen? Er grübelte und grübelte, doch ihm fiel nichts ein und er konnte schließlich nicht einmal mehr richtig denken. Wenn er hier noch weiter so allein saß, würde er sicher bald alle Gedanken verwerfen und lauthals losweinen. Den schweren Kopf auf die Hände gestützt erhob sich Keita unmotiviert. Ab ins Klassenzimmer. Dort würde er Kazuki finden. Ihn würde er um Rat fragen und zusammen mit ihm nach einer Lösung suchen ... Er setzte sich mit schwankenden Schritten langsam in Richtung Schulgebäude in Bewegung, blieb dann aber plötzlich stehen und wandte sich auf dem Absatz um.

Was mache ich denn da?, fragte er sich. Jetzt mal ganz ruhig. Kazuki war doch heute gar nicht im Unterricht!

Kazukis Abwesenheit verstärkte Keitas Sehnsucht nach seinem Mitschüler umso mehr. Er atmete einmal tief durch und machte sich dann auf in Richtung Wohnheim.

Ich muss mit Kazuki sprechen. Er ist immer so fürsorglich, er wird mir sicher helfen!, dachte Keita. Bestimmt fällt ihm etwas ein, wie ich doch noch hierbleiben kann!

In diesem Moment war Kazuki der rettende Strohhalm, an den er sich klammern wollte.

Sooft Keita auch an Kazukis Zimmertür klopfte, er bekam keine Antwort. Die Tür war abgeschlossen, der Raum schien leer zu sein. Notgedrungen machte Keita sich also schließlich auf den Weg zum Schulgebäude und suchte zuerst im Klassenzimmer, dann im Zimmer der Kunsthandwerk-AG und schließlich im gesamten Schulgebäude nach Kazuki. Doch Kazuki war nirgends zu finden.

Wo steckt er bloß?, dachte Keita verzweifelt. Was soll ich jetzt nur machen? Er fühlte sich verlassener als ein Kind, das sich verlaufen hatte. Ohne seinen Begleiter, der sonst immer für ihn da war, wollte er am liebsten einfach losheulen. Auch wenn er sich selbst dafür schämte – er wollte nichts mehr, als zu Kazuki zu flüchten.

Als er seine Runde über den Campus beendet hatte, war er am Ende seiner Kräfte. Mit schweren Beinen schleppte er sich ein letztes Mal zum Wohnheim. Der Unterricht war gerade zu Ende und die meisten Schüler waren aus dem Schulgebäude in ihre Zimmer zurückgekehrt.

Oder ist er vielleicht in der Kantine?, schoss es ihm durch den Kopf. Bald würden sich dort alle zum Abendessen versammeln. Auch wenn Keita keine Ahnung hatte, wo Kazuki sich den ganzen Tag herumgetrieben hatte, würde er sich wahrscheinlich dort einfinden, sofern er sich auf dem Schulgelände befand. Er schickte ein Stoßgebet zum Himmel und begab sich zur Kantine.

Es war recht früh, deshalb war der Raum noch ziemlich leer. Kazuki war nirgends auszumachen. Doch Keita gab nicht auf und hielt weiter Ausschau. Die Tische füllten sich allmählich. Noch immer keine Spur von Kazuki.

»Hey, das ist doch Keita!« Ein Klaps auf die Schulter

überraschte ihn. Es war Niwa, der Präsident des Schülerrats. Nakajima war bei ihm.

»Was hast du? Du siehst nicht gut aus.«

»Wurdest du mittags nicht zum Rektor gerufen? Was gab es denn?«

Langsam drehte Keita sich zu den beiden um, die ihn angesprochen hatten, als wäre alles wie immer. Er war leichenblass, und Niwa und Nakajima erkannten auf den ersten Blick an seinem erschöpften Gesichtsausdruck, dass etwas nicht stimmte.

»O-sama, ich …« Er war am Ende seiner Kräfte. Also eröffnete er den beiden, was im Büro des Rektors geschehen war.

»Wie bitte?! Soll das ein Scherz sein?!«

»Was soll ich denn jetzt nur tun …?«

Während Keita erzählte, dass ihm nahegelegt worden war, binnen eines Monats eine neue Schule zu finden, verließen ihn sämtliche Kräfte. Selbst das Stehen fiel ihm schwer und er sank auf einen Stuhl und seufzte tief.

»Lass den Kopf nicht hängen! Du willst dir das doch wohl nicht gefallen lassen, oder?!«

»Nein … natürlich nicht!«

»Gut, dann reiß dich jetzt zusammen! Was fällt diesen Kerlen von der Schulleitung überhaupt ein?!«

Der Tumult hatte die ersten Neugierigen angelockt und ein Kreis begann sich um sie zu bilden. Niwas drohende Haltung hielt jedoch alle davon ab, sich zu Wort zu melden.

»Ist etwas passiert?« Saionji trat in ihre Mitte und erhob die Stimme. Als er Keita bemerkte, der desillusioniert den Kopf hängen ließ, tauschte er einige Blicke mit Shichijo, der hinter ihm auftauchte. Auch Naruse kam heran und betrachtete Keita sorgenvoll. Die Verzweiflung stand Keita ins Gesicht geschrieben.

»Was ist passiert? Keita, hat dich etwa irgendjemand gepiesackt?«

»Ja, jemand ganz besonders Unverschämtes!«, antwortete Niwa außer sich, als Shinomiya in den Kreis der lärmenden Menge trat. Neugierig erkundigte er sich, was geschehen sei, und als Nakajima ihm die Einzelheiten erläuterte, verdüsterte sich auch seine Miene.

»Das ist ja nicht zu glauben! So etwas darf selbst die Schulleitung sich nicht anmaßen!«

Sie alle hatten sich seinetwegen versammelt. So sehr Keita sich auch darüber freute, sein Problem würde sich dadurch auch nicht lösen … Da erhob Nakajima zögernd die Stimme.

»Das ist eine Frage der Kompetenzen. Keita, es war der stellvertretende Rektor, der dir den Rücktritt nahegelegt hat?«

Alle Blicke richteten sich auf den Sprecher. Saionji war der Erste, der die Bedeutung seiner Worte erfasst hatte, und er stimmte zu.

»Natürlich! Wenn das eine Entscheidung der Schulleitung ist, bleibt immer noch die Frage, wie der Rektor selbst überhaupt dazu steht!«

Ein aufgeregtes Raunen ging durch die Menge. Nur Keita verstand nicht, was das zu bedeuten hatte.

»Kann mir das mal einer erklären?«

»Wahrscheinlich hast du es überhaupt noch nicht mitbekommen, Keita, aber die Schulleitung unserer Akademie besteht aus zwei Lagern. Der Vizerektor Kuganuma führt die Gegenspieler des Rektors an.«

»Das heißt ... der Rektor hat meinen Rauswurf gar nicht beschlossen?«

»Zumindest besteht diese Möglichkeit.«

Keita erinnerte sich, wie Kuganuma ihn im Büro des Rektors nach seiner Verbindung zu eben diesem gefragt und ihm unlautere Tricks unterstellt hatte. Plötzlich erschien ihm Saionjis Theorie, das Lager des stellvertretenden Rektors könne seinen Ausschluss eigenmächtig beschlossen haben, plausibel.

»Wenn wir hier noch länger herumstehen, verschwenden wir kostbare Zeit! Ich werde den Rektor persönlich zu dieser Sache befragen!«

»Niwa?!«

Doch Niwa war nicht mehr aufzuhalten. Im nächsten Augenblick war er schon aus der Kantine gestürmt. Während alle noch über seine Impulsivität die Köpfe schüttelten, nahm Saionji die Zügel in die Hand.

»Omi, folge ihm!«

»Jawohl.«

Nur war auch Shichijo dabei, Niwas Verfolgung aufzunehmen.

»Wartet! Ich komme mit!«

Keita war abrupt von seinem Stuhl aufgesprungen, auf dem er die ganze Zeit in sich zusammengesunken gesessen hatte, und hastete ihnen nach.

»Keita?!« Er hörte Naruse noch in seinem Rücken, doch er hatte keine Zeit mehr, ihm zu antworten. Naruse wollte Keita schon nachsprinten, doch er wurde von Saionji aufgehalten.

»Lass gut sein. Das sind genug Leute.« Während er Naruse festhielt, fing er an zu lachen. Wie schnell Keitas Lebensgeister zurückgekehrt waren, als sich ein kleiner Funke Hoffnung offenbart hatte! Hätte er es nicht mit eigenen Augen gesehen, er hätte es nicht für möglich gehalten. Keita war wirklich ein ganz besonderer Junge ...

Als Keita mit Shichijo zusammen die Kantine verließ, war es bereits dunkel geworden. Das Büro des Rektors lag am Rande des Campus, im obersten Stockwerk des Gebäudes, in dem sich auch die Serverräume befanden. Sie machten sich Sorgen um Niwa, der ihnen vorausgeeilt war. O-sama war unglaublich wütend gewesen. Was, wenn er Streit mit dem Rektor anfing? Die Vorstellung, Niwa könne seinetwegen von der Schule verwiesen werden, ließ Keitas Atem stocken. Doch Shichijo, der ihn begleitete, wirkte kein bisschen beunruhigt. Über sein Gesicht huschte ein tiefsinniges Lächeln.

»Keine Sorge. Er hat bestimmt noch nicht mal das Gebäude betreten.«

Im nächsten Augenblick begriff Keita, was sein Begleiter

damit andeuten wollte. Offenbar waren die Türen des Gebäudes verschlossen, denn Niwa trat mit den Füßen dagegen.

»Shichijo!! Mach sofort auf!!«, brüllte Niwa zornig, sobald sie in seine Sichtweite kamen. Und tatsächlich zog Shichijo einen kleinen Laptop aus seiner Tasche und tippte auf der Tastatur herum.

»Ähm, Shichijo-san?«

Neben dem verwirrten Keita öffnete sich die Türverriegelung mit einem Klicken.

»Nanu …?«

»Perfekt, Shichijo!« Hastig riss Niwa die Tür auf und sprang ins Gebäude.

»Shichijo-san? Was haben Sie da gerade gemacht?«

Seelenruhig erklärte Shichijo dem verdutzten Keita, dass er sich soeben ins Sicherheitssystem eingeloggt und die elektronische Verriegelung aufgehoben hatte. Sein übliches sanftes Lächeln ließ erkennen, dass dies offenbar seine Spezialität war.

»Schon merkwürdig … Normalerweise dauert das ein wenig länger.«

Shichijo machte das also regelmäßig? Doch jetzt war nicht der richtige Zeitpunkt, um ihn dazu zu befragen. Als sie das oberste Stockwerk endlich erreicht hatten, hatte Niwa bereits die Finger an der Klinke der Tür mit dem Schild »Büro des Rektors«.

»Hey!! Herr Rektor!! Wir müssen mit Ihnen sprechen!!«

Schnell riss Niwa die Tür auf und verschwand im Inneren. Doch bevor auch Keita und Shichijo folgen konnten, hallte eine sich überschlagende Stimme auf den Flur hinaus.

»Was ist das denn?!«

»Also habt ihr den Rektor nicht angetroffen?«

»Hm, nein …«

»So ein Mist! Er ist also angeblich auf Geschäftsreise?!«

Zurück in der Kantine erstatteten die drei Nakajima und den anderen, die ungeduldig auf Neuigkeiten gewartet hatten, Bericht. Sie hatten nur ein leeres Büro vorgefunden; auf dem Eichenschreibtisch des Rektors war ein niedlicher blauer Teddybär drapiert worden. In seinen Tatzen hatte dieser eine Karte mit der Botschaft gehalten, dass der Rektor außer Haus sei.

Das war normalerweise etwas, worüber man genervt den Kopf schüttelte, doch in dieser Situation platzte Niwa der Kragen. Er steigerte sich so in seine Wut hinein, dass Keita selbst, der schließlich der eigentliche Betroffene war, wie zum Ausgleich vollkommen ruhig wurde.

»O-sama? Bitte beruhigen Sie sich doch.«

»Beruhigen?! Keita! Du willst doch jetzt nicht aufgeben?!«

»Keita, sag bloß …«

»Nein!«

Niwas Zorn und Naruses Mitgefühl freuten Keita von Herzen. Er wollte nicht aufgeben. Auch wegen dieser Menschen, die sich so für ihn ins Zeug legten, wollte er kämpfen.

»Der Rektor ist außer Haus, wir werden heute also ohnehin nichts mehr erreichen. Mir wurde ja ein Monat Aufschub gewährt, dann reicht es doch auch, wenn wir morgen ...«

»Also gut.«

Sie wussten nicht, was der Tag noch bringen würde, doch wenn sie alle fest entschlossen zusammenhielten, würden sie sicher einen Weg finden. Daran wollten sie glauben. Sie würden nicht aufgeben. Das war alles, was sie tun konnten. Bevor sie sich trennten und in ihre Zimmer zurückkehrten, wollte Keita noch ein letztes Mal bei Kazuki vorbeischauen. Er klopfte vorsichtig an seine Tür, doch niemand antwortete. Er war noch nicht zurück.

Kazuki, wo steckst du nur?, fragte sich Keita. Ihm fiel ein, dass Shinomiya davon gesprochen hatte, dass Kazuki ab und zu unerlaubt außerhalb übernachtete. Doch was hatte das zu bedeuten? Dass Kazuki ausgerechnet jetzt, wo er ihn so dringend brauchte, nicht da war, kränkte ihn. Ob er morgen wieder zurück sein würde? Wie würde er die Botschaft von seinem drohenden Schulverweis aufnehmen? Doch die Antworten auf diese Fragen mussten warten.

Die helle Sonne, die am Morgen durch die geöffneten Gardinen schien, ließ Keita die schweren Augenlider öffnen. Er hatte letzte Nacht kaum geschlafen. Als er sich ins Bett gelegt und die Augen geschlossen hatte, gingen ihm Kuganumas Worte einfach nicht aus dem Kopf. Selbst im Traum hatten sie ihn verfolgt, und er war von seinem eigenen Stöhnen aus dem kurzen Schlaf gerissen worden. Es war eine schreckliche Nacht gewesen.

Als er die Augen öffnete, fühlte sein Körper sich bleiern an und auch sein schweres Herz vermittelte ihm, dass der Albtraum der letzten Nacht sich in der Realität fortsetzte. Er hatte keine Lust aufzustehen.

Was mache ich denn jetzt nur?, fragte er sich verzweifelt.

Der Rektor war nicht aufzufinden und Keita war sich nicht einmal sicher, ob es irgendetwas am Beschluss seines Ausschlusses ändern würde, wenn sie ihn zu fassen bekämen. Nakajima und die anderen hatten zwar vermutet, dass möglicherweise der stellvertretende Rektor mit seinen Verbündeten hinter der Entscheidung steckte, doch vertrauen konnte er darauf keineswegs.

Was, wenn der Rektor das Ganze selbst abgesegnet hat?, grübelte Keita. Wofür hatte er dann überhaupt seine alte Schule verlassen? Wie enttäuscht würden seine Eltern sein, die schweren Herzens seinem Schulwechsel zugestimmt hatten? Und was war mit seinen Freunden, die ihm versprochen hatten, ihn jederzeit wieder aufzunehmen, wenn die BL-High nicht seinen Vorstellungen entspräche? Zumindest sie würden sich über seine Rückkehr freuen ... Trotzdem ...

»Ich will hier nicht weg!« Keita vergrub den Kopf zwischen seinen Knien, als die düsteren Gedanken ihn zu übermannen drohten. Auch wenn ihm seine alten Freunde sehr wichtig waren, bedeutete ihm diese Akademie ...

»Keita! Bist du da?«

Ohne eine Antwort abzuwarten, wurde die Tür geöffnet. Als Keita erschrocken den Kopf hob, stand Kazuki mit vor Zorn geröteten Wangen vor ihm.

»Ich hab's gehört! Du sollst rausgeschmissen werden?!«

»Kazuki ...« Keita musste verdutzt blinzeln, als Kazuki so atemlos hereingestürmt war. Als der merkte, wie verwirrt Keita ihn ansah, kam er endlich wieder zu sich.

»Ah ... Entschuldige, dass ich dich so überfalle. Wie geht es dir?«

»Gut ...« Dass das gelogen war, wussten sie beide. Doch Keita nickte nur kraftlos. Wenn er jetzt zugegeben hätte, wie schlecht es ihm ging, wäre auch keinem geholfen – und schließlich wollte er nicht auch noch Kazuki beunruhigen. Es war schon genug, dass sich gestern alle seinetwegen solche Sorgen gemacht hatten.

»Kazuki! Wo warst du überhaupt?!« Er sprang plötzlich vom Bett auf und starrte Kazuki aus nächster Nähe ins Gesicht. Kazuki zuckte unwillkürlich zurück, doch Keita ließ nicht locker. »Ich habe dich gesucht! Ich hätte deinen Rat gebraucht! Wo um alles in der Welt hast du nur gesteckt?!«

»Tut mir leid ... Ich hatte etwas Dringendes zu erledigen ... Etwas Persönliches.«

»Etwas Persönliches?! Hast du überhaupt eine Ahnung, wie schlecht es mir ging? Ich hätte dich so sehr gebraucht ...« Während er sprach, kamen die Gefühle wieder hoch. Wie er das Wohnheim und das Schulgebäude nach Kazuki

abgesucht hatte. Die Angst … Diese Verzweiflung, die ihn zu überwältigen drohte …

»Ich habe jeden Winkel nach dir abgegrast …« Tränen rollten über seine Wangen. Er hatte versucht, sie zu unterdrücken, doch sobald die erste hinausgedrängt war, flossen immer mehr unaufhaltsam über sein Gesicht.

»Keita …«

»E…Entschuldige …«

O-sama und die anderen standen ihm zur Seite. Alles würde gut werden. Plötzlich streckte Kazuki die Hand aus und wischte ihm sanft die Tränen ab. Keita konnte nicht weitersprechen. Sein Herzschlag stockte, als Kazuki ihm so nahe kam. Sein unendlich besorgtes, verletztes Gesicht, als wäre all dies ihm selbst zugestoßen. Sein intensiver Blick.

»Verzeih mir, Keita. Dass ich ausgerechnet in diesem wichtigen Moment nicht für dich da war … Ich bin ein miserabler Freund!« Sein liebevolles, aber geknicktes Lächeln ließ Keita wieder in Tränen ausbrechen. Wie ein kleiner Junge versuchte er schniefend, sich zusammenzureißen und schüttelte hastig den Kopf.

»Bist du nicht! Kazuki … Jetzt bist du ja da!«

»Keita …«

»Alles ist okay! Die anderen haben sich gestern um mich gekümmert und O-sama und Shichijo waren sogar mit mir zusammen beim Büro des Rektors, um ihn zu sprechen. Mach dir also keine Sorgen, Kazuki! Du hattest schließlich etwas zu erledigen …«

»Ja ...« Kazuki lächelte bitter. Einerseits war er erleichtert, dass Keita nicht ganz allein dagestanden hatte, andererseits machte es ihm offensichtlich wohl zu schaffen, dass er nicht für ihn da gewesen war.

»Und, habt ihr mit dem Rektor gesprochen?«

»Nein. Er war nicht da ...«

Keita ließ sich auf den Rand seines Bettes sinken und die Ereignisse des gestrigen Tages Revue passieren. Der niedliche Teddy auf dem schweren Schreibtisch mit der Notiz, der Rektor sei auf Geschäftsreise. So ernst die Situation auch war, wenn er sich dieses Bild vor Augen rief, wurde ihm klar, dass der Rektor der BL-Akademie offenbar ein ziemlich schräger Vogel sein musste.

»Ein echter Spinner ...«

»Lass ihn doch ... Wenn ihm so was gefällt?«

Keita seufzte laut auf, doch er konnte ein Lächeln nicht unterdrücken. Ein solcher Spaßvogel wäre zumindest nicht zu stur, um sich anzuhören, was er zu sagen hatte.

Plötzlich blitzten Kazukis Augen auf, als wäre ihm etwas eingefallen.

»Ich hab's! Keita, schreib eine Mail an den Rektor!»

»Eine Mail?«

»Der Rektor hat seine Mailadresse veröffentlicht, um mit den Schülern in direktem Kontakt stehen zu können und sich ihre Anliegen anzuhören. Wenn du ihn schon nicht persönlich sprechen kannst, dann versuch es doch wenigstens per Mail!«

In der Mittagspause schrieb Keita also eine Mail an den Rektor. Aus dem Bestand der Schule hatte er sich einen Laptop geliehen und von Kazuki die Mailadresse bekommen. Er überarbeitete das Schreiben wieder und wieder, damit es nicht zu unhöflich klang, aber seine Gedanken klar wiedergab. Dann klickte er schließlich auf den Sendeknopf und betete um gutes Gelingen.

»Bitte … Mach, dass ich irgendwie an der Akademie bleiben kann! Ich möchte hier nicht weg! Auch wenn ich eigentlich gar nicht gut genug für die BL bin – bitte lass mich bleiben!«

Nachdem er die Mail abgeschickt hatte, schien die Zeit wie im Schneckentempo zu vergehen. Keita kam einfach nicht zur Ruhe und schaffte es nicht, sich in seinem Zimmer auf die Hausaufgaben zu konzentrieren.

Zur Abendessenzeit versuchte Kazuki ihn aufzumuntern. »Deine Zulassungsbescheinigung hast du ja de facto erhalten. Und du bist jetzt hier, also ist die Schulleitung einfach zu spät dran mit ihren Bedenken! Bestimmt wird alles gut!«

Keita wusste, dass Kazuki nicht so sicher war, wie er klingen wollte. Doch als sein Freund mit seiner weichen Stimme so überzeugend sprach, beruhigte er sich tatsächlich.

»Bestimmt«, antwortete Keita, und entspannte seine verkrampften Schultern etwas. Vielleicht hatte Kazuki ja Recht. Auch wenn er nicht wusste, ob sein Ausschluss überhaupt noch rückgängig zu machen war, hatte er zumindest alles versucht, was in seiner Macht stand.

»Alles wird gut!«, wiederholte Kazuki noch einmal ermutigend, und Keita nickte. Kazukis Aufmunterungsversuche waren erfolgreich gewesen, und diesmal huschte kein aufgesetztes, sondern ein echtes Lächeln über Keitas Gesicht.

Am nächsten Morgen wachte er überpünktlich auf. Er hatte noch Zeit, bis der Unterricht begann. Zu dieser Uhrzeit hielten sich die meisten Schüler in der Kantine des Wohnheims auf, bis auf diejenigen, die ihr Morgentraining absolvierten. Durch die Akademie hallte eine Lautsprecherstimme.

»Guten Morgen! Eine Nachricht des Rektors. Die Klassenleiterstunden fallen heute Morgen aus. Bitte finden Sie sich alle zu einer Sonderversammlung ein!«

Offenbar geschah etwas Derartiges zum ersten Mal, denn die Schüler scharten sich aufgeregt in der Mitte der Kantine.

Nur Keita stand etwas abseits und allein. Der Rektor? Was hat er denn nur vor?, fragte er sich plötzlich nervös, schließlich hatte er ihm erst gestern seine Mail geschickt. In der Durchsage hieß es, alle sollten sich versammeln. Würde der Rektor also persönlich erscheinen? Vielleicht konnte er die Gelegenheit beim Schopf packen und ihn ansprechen?

Keita beeilte sich mit dem Frühstück und brach dann in die Aula auf. Der Saal füllte sich und er ließ nervös seine Blicke schweifen. Würde der Rektor wirklich kommen? Dass er die Schüler hier zusammentreffen ließ, musste doch bedeuten, dass er persönlich von der Bühne aus zu ihnen sprechen wollte. Die Bühne war hinter einem schweren Vorhang verborgen. Wer von dort aus sprechen wollte, musste von der Rückseite des Podiums aus hinauftreten. Ob der Rektor sich wohl schon dort aufhielt?

Soll ich mal nachsehen?, überlegte Keita. Aber die meisten Schüler sind schon da … Bestimmt geht es gleich los. Also lieber nach der Ansprache? Ich setze mich am besten so weit nach vorn wie möglich und gehe gleich zu ihm, sobald er fertig ist.

Während diese Gedanken durch seinen Kopf schossen, ertönte aus den Lautsprechern ein kurzes Dröhnen und das Klicken eines Schalters. Unwillkürlich richteten sich die Augen der Schülerschaft auf die Bühne.

»Vielen Dank, dass ihr alle erschienen seid!« Aus den Lautsprechern erklang eine Stimme, die eigenartig hoch war, fast wie die eines Kindes. Im nächsten Moment hob sich der schwere Vorhang und es wurde sichtbar, was sich dahinter verbarg: ein Rednerpult mit Mikrofon, darauf saß ein Teddybär. Es war derselbe blaue Teddybär, der auch auf dem Schreibtisch des Rektors gesessen hatte.

»Ich richte euch nun aus, was der Rektor zu sagen hat. Hört gut zu!« Durch die Lautsprecher wirkte es tatsächlich so, als würde der Teddybär persönlich die Worte an sie richten. Seine helle Stimme erhob sich heiter über das aufgebrachte Murmeln der Schüler.

»Jedes einzelne von euch Genies wurde auf Grund seiner besonderen Talente hierher geholt. Wer aber soll der Beste von euch sein, wenn ihr alle gleichermaßen genial seid?«

Die Schüler waren sprachlos, doch im nächsten Moment brach wildes Getuschel aus. Jeder von ihnen war von seinen eigenen Fähigkeiten überzeugt. Es schien sie in ihrem Ehrgeiz anzustacheln, herauszufinden, wer die Nummer 1 war. Alle sahen sich unruhig um. Vor allem auf Niwa, der in stoischer Ruhe auf seinem Stuhl saß, und auf Saionji, dessen Augen schnurgerade auf den Teddybären gerichtet waren, richteten sich die Blicke.

Genies. Alle gleichermaßen genial. Die Worte des Bären riefen bei Keita Herzklopfen hervor. Der Rektor hatte diese Versammlung einberufen, nachdem Keita ihm gestern erst seine Mail geschickt hatte. Hieß das etwa …

»Der Rektor hat sich etwas einfallen lassen: Ihr alle werdet in puncto Wissen, Kraft und Glück geprüft, um herauszufinden, wer der Beste ist!«

Wissen, Kraft und Glück … Als Glückspilz bin ich zumindest in Sachen Glück unschlagbar, dachte Keita.

»Wir führen die akademischen MVP-Spiele durch! Der Sieger darf sich vom Rektor etwas wünschen!«

Das missmutige Stimmengewirr verwandelte sich in dem Augenblick, als die Siegerprämie verkündet wurde, in überraschtes Geschrei. Man durfte sich etwas vom Rektor wünschen? Egal was? Die Stimme des Rektors der BL-Akademie hatte innerhalb der Suzubishi-Group ziemliches Gewicht. Jemanden wie ihn um etwas bitten zu können war eine große Sache! Inmitten der lärmenden Schüler spürte Keita, wie seine Brust sich vor Aufregung zuschnürte.

Das ist meine Chance!, begriff er. Wenn ich die MVP-Spiele gewinne, kann ich ihn darum bitten, dass ich hierbleiben kann. Hat er das etwa wegen meiner Mail initiiert? Oder hatte ich einfach mal wieder Glück?

Die MVP-Spiele sollten am Montag der folgenden Woche beginnen und in drei unterschiedlichen Bereichen durchgeführt werden, um jeweils Kraft, Wissen sowie Geschicklichkeit und Glück unter Beweis zu stellen. Die Teilnahme war freiwillig und der Wettbewerb wurde in Zweierteams abgehalten. Als die Schüler die Aula verließen, begannen die ersten bereits, potenzielle Partner anzusprechen. Für einen Sieg war die Wahl des Partners enorm wichtig. Im Getöse ließ Keita sich mit der hinausströmenden Menge einfach aus der Aula treiben.

Ich muss unbedingt teilnehmen, beschloss er. Auch wenn es sicher schwierig wird, mit den anderen mitzuhalten, ich muss einfach gewinnen!

»Keita?« Am Fuß der Treppe bahnte Kazuki sich einen Weg durch die Schülerhorde und blieb schließlich neben Keita stehen.

»Kazuki! Wo warst du denn?«

»Ich saß ziemlich weit hinten, aber viel wichtiger ist doch: Das ist deine Chance, Keita!«

»Ja … Das habe ich mir auch schon überlegt! Du denkst also dasselbe?«

»Na klar! Garantiert war deine Mail der Auslöser dafür! Es kann gar nicht anders sein!«

Der Rektor lässt die MVP-Spiele abhalten, nur damit ich meine Chance bekomme? Auch wenn mir der Gedanke selbst schon gekommen ist, kann ich es eigentlich nicht glauben, grübelte Keita.

»Ganz bestimmt! Das kann einfach kein Zufall sein. Jetzt musst du also erst einmal den richtigen Partner aussuchen. Hast du schon eine Idee?«

Einen Partner … Darüber hatte Keita sich noch gar keine Gedanken gemacht. Würde er unter all diesen unterschiedlich begabten Genies überhaupt jemanden finden, der mit ihm zusammen um den Sieg kämpfen wollte?

So stark sein Vertrauen in das eigene Glück auch war, er würde sich zunächst in puncto Kraft und Wissen beweisen müssen. Keita zermarterte sich das Gehirn. All die neuen Freunde, die so fürsorglich mit ihm umgegangen waren. Naruse, der Tennis-Crack, und Shinomiya, der Leiter der Kyudo-AG. Saionji, der die Schülerschaft in Sachen Intelligenz anführte. Niwa hingegen wäre wohl die beste Wahl, wenn er jemanden suchte, der in Sport und Wissen gleichermaßen glänzte. Wenn er gewinnen wollte, sollte er sich an diese Siegertypen halten und sie als Teampartner zu gewinnen versuchen, doch …

»Ähm, Kazuki?«

»Hm? Hast du dich etwa schon für jemanden entschieden?«

»Ja. Kazuki, ich möchte dich fragen, ob du mein Partner sein willst.«

»Ich …?«

»Ja. Oder siehst du hier sonst noch jemanden, der Kazuki heißt?«

Kazuki war offensichtlich überrascht. Wahrscheinlich war auch er davon ausgegangen, dass Keita eher O-sama oder Jo-o-sama um Hilfe bitten würde. Oder hatte er selbst bereits einen anderen möglichen Partner ins Auge gefasst? Jemanden mit größeren Talenten als Keita?

»Willst du nicht …?«

»Ob ich nicht will? Du spinnst wohl!« In Kazukis Stimme schwang Erleichterung mit. Er schien sich richtig zu freuen.

»Aber bist du dir mit deiner Wahl auch sicher, Keita? Schließlich musst du unbedingt gewinnen.«

»Ich weiß … Aber ich möchte mit dir antreten. Teamwork ist sicher auch ein wichtiger Faktor, und du kennst mich nun mal am besten von allen.«

»Okay. Danke für dein Vertrauen, Keita! Ich freue mich!«

Kazuki lächelte sanft, seine Augen leuchteten. Keitas Blick blieb für einen Moment an diesem Lächeln haften. Nanu?, dachte er. So habe ich ihn ja noch nie strahlen sehen. Er scheint sich wirklich sehr zu freuen!

Die Schüler um sie herum gingen nach und nach in ihre Klassenzimmer und sie blieben als Einzige am Fuße des Treppenabsatzes zurück. Um sie herum wurde es still.

»Meinst du wirklich, ich bin dir von Nutzen, Keita?«

Von Nutzen? Ob er mir von Nutzen ist?, wiederholte Keita in seinem Kopf. Was denkt er sich denn eigentlich?

»Was für eine Frage! Selbstverständlich! Du hast die ganze Zeit so viel für mich getan und willst jetzt sogar als mein Partner mit mir antreten …« Ohne Kazuki wäre er verloren, das wusste Keita. Er war zu seinem wichtigsten Freund und Vertrauten geworden. Doch offensichtlich hatte Kazuki keine Ahnung von der Rolle, die er in Keitas Leben einnahm. Denn er lächelte auf Keitas Antwort mit leiser Überraschung. Sein liebevoller Gesichtsausdruck ließ Keita verstummen.

Ich bin ihm wirklich wichtig, wurde ihm schlagartig bewusst. Ich habe genau die richtige Wahl getroffen. Keine Ahnung, wer alles an den MVP-Spielen teilnehmen wird, aber mit Kazuki werde ich jede Prüfung überstehen. Mit vereinten Kräften …

»Hey, Keita! Die Spiele beginnen übermorgen. Das heißt, morgen haben wir den ganzen Tag für uns.«

»Du meinst, um unsere Taktik zu besprechen? Um zusammen zu trainieren? Ich tue alles!«

»Ich weiß, aber das meinte ich nicht. Ich wollte dich fragen, ob wir morgen etwas zusammen unternehmen? Entspannung ist schließlich auch wichtig. Einverstanden?« Er klopfte Keita auf die Schulter und stürmte als Erster die Treppe nach oben. Noch bevor Keita etwas erwidern konnte, erklang auch schon die Glocke, die den Unterrichtsbeginn einläutete.

»Keita! Beeil dich, sonst kommst du noch zu spät!« Kazuki strahlte übers ganze Gesicht und war so vergnügt wie eh und je.

»Warte, Kazuki! Du kannst mich doch nicht so einfach stehen lassen!«

Sonntagmorgen. Nachdem Keita sich in der Lobby des Wohnheims mit Kazuki getroffen hatte, stiegen sie zusammen in den Bus und fuhren in Richtung Innenstadt. Er erinnerte sich an seinen ersten Tag an der BL, als er auch mit dem Bus gefahren war. Seitdem waren zwei Wochen vergangen, aber dies war der erste Tag, den er außerhalb des Schulgeländes verbringen würde.

»Ganz schön lange her, dass ich unter Leuten war …«

»Du klingst ja schon wie ein Einsiedler!«, rief Kazuki und lachte, doch als sie die Küstenroute verließen und die Straße in die Stadt in Sicht kam, wurde auch er von einem eigenartigen Gefühl der Nostalgie befallen.

Sie verbrachten jeden Tag in der abgeschlossenen Welt der Schulinsel. Natürlich war noch nicht viel Zeit vergangen, doch Keita hatte jeden einzelnen seiner Tage als spannend empfunden und noch kein einziges Mal Langeweile verspürt. Aber er würde das alles für immer verlieren, sollte er bei dem MVP-Wettkampf versagen.

Keita hatte sich an das Busfenster gelehnt und dachte mit gesenktem Blick nach. Aus welchem Anlass würde er die Schulinsel wohl das nächste Mal verlassen? Würde er wieder etwas mit Kazuki unternehmen? Oder wäre es der Tag, an dem er die Schule endgültig verlassen und zu seinen Eltern zurückkehren musste?

Kazuki sah den schweigenden Keita auf dem Sitz neben sich an. Keita wirkte so in Gedanken versunken, dass Kazuki unwillkürlich einen Seufzer ausstieß. Aber selbst das bemerkte Keita nicht.

»Hey, Keita! Wir sind gleich da.«

Die Umgebung hatte sich völlig verändert. Alleebäume, die die Straßen säumten, und hohe Gebäude, in deren Erdgeschoss sich fast überall Geschäfte befanden. In diesen lebhaften Straßen hatte Keita sich früher oft die Zeit vertrieben, als er hier noch auf die Schule gegangen war.

Sie stiegen aus dem Bus und schlenderten ohne ein bestimmtes Ziel durch die Straßen, bis die einladenden Klänge aus einem Gamecenter Kazukis Aufmerksamkeit erregten.

»Ein Gamecenter! Wollen wir reingehen?«, fragte Kazuki begeistert.

»Okay …«

»Ich war noch nie in einem Gamecenter.«

»Noch nie?!« Keita hörte zum ersten Mal, dass ein Junge in Kazukis Alter noch nie in einem Gamecenter gewesen war. Kazuki war schon ein seltenes Exemplar.

»Hast du irgendwo tief in den Bergen oder weit draußen auf dem Land gelebt, wo es keine Gamecenter gab?«

»Ich wurde eben gut erzogen. Meine Mutter hat es nicht erlaubt«, wich Kazuki in scherzhaftem Ton aus. So war das immer mit ihm.

Sie begannen mit einem Racing Game und machten mit einem Gun Shooting Game weiter. Anfangs wollte bei Keita keine rechte Begeisterung aufkommen, doch während er Kazuki die Spiele erklärte, wurde sein Ehrgeiz allmählich angefacht. Ehe er sichs versah, war Keita ebenfalls mit Feuereifer dabei.

»Macht dir wohl Spaß, hm?«

Keita erwiderte mit gespielter Entrüstung: »Na klar, was denn sonst!«

Kazuki lächelte ihn erleichtert an. »Du hast vorhin ganz schön bedrückt ausgesehen. Und ich habe das Gefühl, sobald ich dich mal einen Moment aus den Augen lasse, ziehst du sofort wieder dieses düstere Gesicht.«

Also hat Kazuki sich die ganze Zeit Sorgen um mich gemacht …, dachte Keita. Da fällt mir ein, dass er gestern bei seiner Einladung zu diesem Ausflug schon so nachdrücklich betont hat, dass es wichtig wäre …

»Entschuldige, Kazuki. Ich wollte dich nicht beunruhigen.«

»Mach dir keinen Kopf. Dafür sind wir doch Freunde.«

Freunde hin oder her, jemanden wie Kazuki, der alles für ihn tat, gab es nicht noch einmal.

Ich bin so froh, dass ich an der BL gelandet bin und ihn kennengelernt habe, dachte Keita bei sich, während er Kazuki als Nächstes den Ufo-Catcher vorschlug und mit ihm dorthin ging.

Auf dem Heimweg im Bus waren Keita und Kazuki ganz allein. Die Linie, die zwischen der Schulinsel und der Stadt fuhr, wurde außer von den Schülern wohl kaum von jemandem genutzt. Die beiden saßen nebeneinander auf ihren Sitzen und sahen aus dem Fenster. Der klare Himmel war inzwischen fast vollständig in nächtliche Dunkelheit gehüllt, nur im Westen zeigte sich noch etwas Abendröte am Firmament. Kazuki, der am Fenster saß, murmelte leise, während er hinausblickte: »Keita, morgen geben wir zusammen wieder alles, ja?«

Keita war von der Aussicht so gefesselt, dass er erschrak, als Kazuki ihn so unvermittelt ansprach. Er sah Kazuki an.

»Verglichen mit O-sama und Jo-o-sama sind wir ziemlich normal und unauffällig. Trotzdem werden wir es allen zeigen.« Kazukis abgeklärtes Lächeln überraschte Keita wieder einmal. Vielleicht lag es daran, dass sein Ausdruck durch die Schatten, die in der Dunkelheit über sein Gesicht fielen, so anders wirkte, aber auf Keita machte er einen sehr erwachsenen Eindruck. Sonst war Kazuki immer so unbeschwert und gut gelaunt, doch in solchen Momenten setzte er diesen speziellen Gesichtsausdruck auf, mit dem Keita ihn kaum wiedererkannte.

»Wir werden es dem Vizerektor schon zeigen. Wir werden ihm beweisen, dass du auf diese Schule gehörst.«

Keita war wirklich glücklich über Kazukis Gefühle, die er mit diesen Worten zum Ausdruck brachte.

»Ich werde dich beschützen, Keita. Was auch kommen mag, die werden nicht bekommen, was sie wollen.«

»Kazuki …« Was ist nur los mit mir?, grübelte Keita. Das ist nicht der Kazuki, den ich kenne. Und trotzdem habe ich das Gefühl, dass mir das irgendwann, irgendwo schon einmal

jemand gesagt hat. Er sagt, er wird mich beschützen. Das erinnert mich an früher …

»Keita?«

Vor langer, langer Zeit hat jemand genauso mit mir geredet … Keita dachte angestrengt nach.

»Mein großer Bruder …«

»Was?!« Kazuki reagierte auf diese Worte, die stockend aus Keitas Mund kamen, mit einem deutlichen Fragezeichen im Gesicht.

»Ach, entschuldige. Ich … habe mich nur gerade an etwas erinnert …«

»Erinnert? An deinen Bruder? Du hast einen Bruder, Keita?«

»Nein, nein. Ich habe nur eine Schwester …«

»Es gab da einen Jungen, der immer mit mir gespielt hat, als ich noch klein war, und den ich meinen großen Bruder genannt habe. In der Zeit vor der Geburt meiner Schwester herrschte zu Hause Chaos, deshalb wurde ich zu einem Onkel aufs Land geschickt. Der Junge hat damals in seiner Nachbarschaft gewohnt … Ja, genau. Und dieser Junge hat auch immer gesagt, dass er mich beschützen würde …«

»Und du hattest nur Kontakt mit ihm, solange du dort warst?«

»Ja, ich glaube schon. Ich erinnere mich jedenfalls nicht, dass ich ihn später noch einmal gesehen hätte.«

Wie lange mag das wohl her sein, wie viele Jahre? Und wieso erinnere ich mich jetzt plötzlich daran?, wunderte sich

Keita. Weil Kazuki gesagt hat, er würde mich beschützen? Aber ich hatte das alles doch längst vergessen …

Während er noch in Gedanken versunken war, sah Kazuki ihm in die Augen.

»So etwas wie ein Bruder … ich bin Einzelkind und ich hatte auch nie so einen Freund …«

Vielleicht liegt es daran, dass Kazuki diesem Jungen ähnelt, sinnierte Keita weiter. Ich weiß zwar nicht mehr genau, wie sein Gesicht aussieht, aber ich erinnere mich noch an seine Art zu sprechen und die Atmosphäre zwischen uns.

»Und? Warum erinnerst du dich jetzt plötzlich an diesen Jungen? Möchtest du ihn einmal wiedersehen?«

Keita musste erst einmal einen Augenblick überlegen. Schließlich hatte er ihn quasi völlig vergessen.

»Ich weiß nicht. Das ist alles über zehn Jahre her und ich denke, er hat mich auch längst vergessen …«

»Wer weiß? Du hast dich doch jetzt auch wieder erinnert. Vielleicht geht es ihm genauso?«

»Vielleicht …«, murmelte Keita, und um seine Lippen spielte plötzlich ein Lächeln. Er hatte ihn wirklich völlig aus seinem Hirn verbannt und ihm war schleierhaft, warum er jetzt plötzlich wieder an ihn dachte. Es war unmöglich, dass dieser Junge, wie Kazuki meinte, sich noch an ihn erinnerte – da war er sich ganz sicher.

Doch nichtsdestotrotz erfüllte ihn die Erinnerung an alte Zeiten mit einem angenehmen Gefühl, das Keita auch dann nicht losließ, als er sich, beim Wohnheim angekommen, von

Kazuki verabschiedet hatte und in sein Zimmer zurückgekehrt war.

Mein großer Bruder ... Er war älter als ich, und trotzdem hat er, ohne von mir genervt zu sein, Bücher mit mir gelesen und Verstecken mit mir gespielt. Keita fiel plötzlich auf, dass er sich doch noch an einiges erinnern konnte. Vielleicht lag es wirklich daran, dass Kazuki diesem Jungen von damals so ähnlich war.

Sie hatten zwar nur eine kurze gemeinsame Zeit verbracht, aber der Junge hatte Keita, der zum ersten Mal allein weit weg von seinen Eltern war, wirklich liebevoll behandelt. So wie Kazuki, der ihn, als er gerade in der Schule angekommen war und sich so unsicher gefühlt hatte, unbeschwert angesprochen und sich fürsorglich um ihn gekümmert hatte. Vielleicht hatte die Art, wie Kazuki mit ihm umging, plötzlich die Erinnerung an damals geweckt.

Wie war das, als ich wieder zu meinen Eltern zurückging?, fragte sich Keita. Als ich mich von dem Jungen verabschieden musste, habe ich schrecklich geweint ...

»Es tut mir leid, Keita. Du musst wegen mir so viel durchmachen ...«, hatte der ältere Freund zu ihm gesagt.

Durchmachen? Ich? Wegen meines älteren Bruders? Das kann nicht sein!, war Keita sich sicher. Ich war doch noch so klein und sicher war ich derjenige, der ständig Ärger gemacht hat.

»Es tut mir leid ... ich muss jetzt gehen.«

Er ist es gewesen, der gegangen ist ..., fiel es ihm plötzlich wieder ein. Dabei war ich mir sicher, dass ich derjenige gewesen bin, der ihn verlassen musste, als meine Schwester geboren war und ich nach Hause zurückkehrte.

Als er sagte, er müsse gehen, war der kleine Keita so traurig gewesen, dass er sich verzweifelt an dem Jungen festgeklammert hatte.

»Nein! Ich will das nicht!! Ich will bei dir bleiben!!«

Die Hand, die Keita so fest umklammert hielt und die ihm immer so liebevoll den Kopf gestreichelt hatte, berührte ihn jetzt beschwichtigend.

»Es tut mir leid, Keita. Wirklich … aber eines darfst du nie vergessen: Ich werde dich beschützen. Was auch kommen mag, ich werde immer dein Freund sein. Also, Keita …«

Inmitten seiner Erinnerungen an damals schlief Keita ein. In dieser Nacht träumte er von seiner Kindheit und dem Jungen, seinem geliebten Bruder, an den er sich laut weinend geklammert hatte.

Selbst als er von seinem Wecker aus dem Schlaf gerissen wurde und die Augen aufschlug, fühlte sich Keita immer noch wie im Traum. Was hatte der Junge ihm eigentlich sagen wollen?

Dass ich ihn nicht vergessen soll? Dann müsste ich mich bei ihm entschuldigen … auch wenn es keinen Sinn machen würde, schließlich haben wir uns seit diesem Tag nie wiedergesehen …

Doch eines wusste Keita – er wollte dieses Gefühl nie wieder erleben. Und damit es nicht so weit käme und er von

Kazuki und den anderen getrennt werden würde, musste er heute beim MVP-Wettkampf alles geben.

Ich bin kein kleines, hilfloses Kind mehr, hielt er sich vor Augen.

»Jepp, auf in den Kampf!!«

Der erste Teil des MVP-Wettkampfs wurde genau wie am Tag der Bekanntgabe am Morgen über die Schullautsprecher eingeläutet. Den Lautsprecheranweisungen folgend fanden sich alle in der Aula ein – über 100 Schüler waren dort versammelt.

»Heißt das etwa …«

»Sieht so aus, als würden fast alle Schüler der Schule mitmachen.«

Es war, wie Kazuki gesagt hatte. Der Großteil der Schüler, die sich in der Aula versammelt hatten, stand in Zweierteams zusammen. Einige sahen sich noch nach einem Teampartner um, andere wirkten siegesgewiss, wieder andere feuerten sich gegenseitig an. Und manche machten sich schon an die gemeinsamen Aufwärmübungen.

»Wie wird der Wettbewerb wohl aussehen? Meinst du, es geht nur um die körperliche Kraft? Also wird in erster Linie doch die Fitness entscheiden …?«

»Meinst du? Aber dann hätten ja nur die Leute aus den Sport-AGs eine Chance.«

Da hatte er auch wieder Recht. Aber es waren ja auch Schüler dabei, deren Stärke im Wissen lag. Keita hätte wirklich gern gewusst, nach welchen Kriterien eine Auswahl unter den Schülern getroffen werden sollte.

Unter den Anwesenden befanden sich natürlich auch bekannte Gesichter. Da war der immer ernst dreinblickende Shinomiya, zusammen mit einem Jungen, den Keita nicht kannte. Kazuki klärte ihn auf, dass es sich dabei um einen Schüler aus der zweiten Stufe handelte, der in der Kyudo-AG war, doch Keita fragte sich, warum Shinomiya ausgerechnet diesen Jungen zum Partner auserkoren hatte. In der Mitte der Aula erkannte er Naruse. Er schien mit einem Partner aus der Tennis-AG ein Team zu bilden. Anscheinend hatte er Keita ebenfalls bemerkt. Er grinste ihn wie immer strahlend an und winkte ihm zu.

»Vergiss ihn, heute sind wir Gegner!«

Keita wollte zurückgrüßen, aber Kazuki hielt ihn davon ab. Er bedeutete ihm, nicht weiter auf Naruse zu reagieren.

»Die Königin ist da.«

Saionji und Shichijo waren auch heute unzertrennlich. Die beiden würden also auch teilnehmen … In puncto Wissen waren sie zweifellos die Favoriten. Als Keita sie mit einem mulmigen Gefühl betrachtete, bemerkten auch sie ihn. Shichijo deutete eine Verbeugung an und Keita beeilte sich, ebenfalls den Kopf zu senken.

»Guten Morgen. Ihr macht also auch mit?«

»Natürlich. Sie nicht, richtig?«

Keita war etwas überrascht über Kazukis Worte, die dieser wie beiläufig äußerte.

»Was denn, Keita, wusstest du das nicht?«

Saionji wäre der Sieg sicher gewesen, wenn er teilgenommen hätte. Dass er als Konkurrent ausschied, hatte sich wie ein Lauffeuer verbreitet, nachdem einige Schüler abgeblitzt waren, die ihn als Partner hatten gewinnen wollen.

»Ich hätte es interessant gefunden, aber Kaoru wollte nicht.«

»Ich hatte eben keine Lust, nach der Pfeife des Rektors zu tanzen.«

Wie immer sprach er in einem barschen Ton. Kazuki sah ihn an und sagte im Plauderton: »Für Sie wäre es auch besser, wenn es bei dieser Runde weniger um Fitness ginge, stimmt's?«

Sofort warf Saionji ihm einen scharfen Blick zu.

»Es interessiert mich einfach nicht, deshalb mache ich nicht mit.«

Keita konnte dem Geschehen nicht ganz folgen und blickte entsprechend verblüfft drein. Shichijo flüsterte ihm sanft ins Ohr: »Findest du nicht auch, dass Sport ihm nicht schlecht zu Gesicht stünde?«

Sollte das heißen, Saionji war unsportlich? Fragend legte Keita den Kopf schräg und Shichijo lächelte ihn auffordernd an.

»Niwa nimmt auch teil. Er kann es einfach nicht lassen.«

Keita ließ erschrocken den Blick durch die Aula schweifen und entdeckte den groß gewachsenen Niwa im hinteren Teil der Aula. An seiner Seite stand Nakajima.

»Die beiden sind jedenfalls dabei. Ito-kun, sei bitte vorsichtig. Man kann nie wissen, mit welchen unfairen Mitteln Nakajima arbeitet.«

Kaum hatten sie Nakajima entdeckt, änderte sich Shichijos Stimmung schlagartig. Die beiden hassten einander aufrichtig. Den Grund kannte angeblich auch Kazuki nicht. Was mochte bloß vorgefallen sein …?

Keita hatte zwar das Gefühl, dass es möglicherweise ein guter Anfang wäre, wenn sie sich besser kennenlernten, doch er sprach es nicht aus. Wenn er sie so ansah, hatte er den Eindruck, es wäre leichter, Katze und Maus zu besten Freunden zu machen, als diese beiden zusammenzubringen.

»Hey, Keita!« Jemand schlug ihm von hinten auf die Schulter. Als Keita sich umdrehte, stand Shunsuke Taki vor ihm und zeigte ihm ein noch breiteres Lächeln als sonst.

»Nimmst du auch teil, Shunsuke?«

»Nein. Ich habe keinen guten Partner gefunden. Und außerdem geht es mir gegen den Strich, den Rektor um etwas zu bitten …«

Das war typisch Taki. Ein Einzelkämpfer wie er war offensichtlich der Meinung, dass jeder für seine eigenen Wünsche kämpfen musste.

»Sag mir lieber, Keita … willst du nicht auch ´ne Wette abschließen?« Für Shunsuke waren jetzt gute Zeiten für seine Geschäfte, schließlich verwaltete er das Wettbüro.

»Nein danke!« Als ob er nicht wüsste, dass ich nicht der Typ für so etwas bin, dachte Keita.

»Ach komm, du Langweiler! Ah, sieht so aus, als würde es losgehen!«

Als Keita Shunsukes Blicken folgte, hob sich der Vorhang. Wie beim letzten Mal auch war auf der Bühne ein Tisch zu sehen, auf dem ein Teddybär mit einem Mikrofon saß.

»So, Leute! Der MVP-Wettkampf kann beginnen!« Wieder erklang die hohe Kinderstimme.

»Der erste Wettkampf ist eine ganz besondere Rallye! Freut euch auf die Hamsterjagd!«

»Hamsterjagd?«

Sofort ertönte aufgeregtes Gemurmel in der Aula. Es klang, als würden sich alle fragen, was das sein sollte. Doch regelrechter Lärm brach schließlich aus, als das Spiel näher erklärt wurde. Weiter kamen diejenigen, die so viele der auf dem Schulgelände freigelassenen 300 Hamster gefangen hatten, dass sie auf insgesamt fünf Punkte kamen. Die Punkte waren auf kleinen Schildern an den Hamstern befestigt. Es gab sechs verschiedene Schilder von null bis fünf Punkten, wobei jede Menge Schilder mit null Punkten im Umlauf waren, jedoch nur ein Fünf-Punkte-Schild.

»Soll das ein Witz sein? Das ist ja reine Glückssache!«

Fast alle aus den Sport-AGs beschwerten sich. Die weniger sportlichen Schüler waren dagegen erleichtert, denn sie witterten ihre Chance.

»Das ist doch super, Keita! Da bist du doch eindeutig im Vorteil!«

So sicher war Keita sich da nicht, aber es stimmte, unter

diesen Bedingungen hatte er gute Chancen auf den Sieg. Wenn Kazuki und er das Schild mit den fünf Punkten erwischten, hätte sich die Zahl ihrer Gegner halbiert.

Als das Zeichen zum Start gegeben wurde, stürmten die Schüler aus der Aula ins Freie, unter ihnen auch Keita und Kazuki, die hofften, dass dies der erste Schritt auf dem Weg zu ihrem Ziel war – dass Keita an der BL-High bleiben konnte.

Anfangs waren sie gemeinsam auf die Suche gegangen, doch bei 300 Hamstern hatten sie sich recht schnell dazu entschlossen, sich zu trennen. Keita war in der Nähe des Schulgebäudes auf der Suche nach einem Hamster, während Kazuki sich im Gebäude befand.

»Wie sieht's aus, Keita?«, rief Kazuki, der seinen Kopf aus dem Fenster über ihm gestreckt hatte.

»Hier ist keiner! Und bei dir?«

»Fehlanzeige! Also, suchen wir weiter!«

»Wo verstecken Hamster sich denn normalerweise?«

Es war wirklich knifflig, die flinken Tierchen auf dem großen Gelände zu finden. Aber da nun mal für alle dieselben Bedingungen galten, nützte alles Klagen nichts. Keita hob das Gitter vom Rinnstein und sah hinein. Dort deutete nichts auf einen Hamster hin, also machte er sich auf, um sein Glück bei den Hecken zu versuchen, die entlang des Gebäudes angepflanzt waren.

»Uah ...!« Keita blieb so abrupt stehen, dass er beinahe

aus seinen Sandalen gestolpert wäre. Vor seinen Füßen war ganz plötzlich ein kleiner, rundlicher Schatten aufgetaucht. Es dauerte nur eine Sekunde. Der Schatten wurde zu einem Blumentopf, der mit lautem Knall vor Keitas Augen zu Boden krachte und zersprang. Keita hatte das Gefühl, eine kalte Hand hätte sich um sein Herz gelegt und zugedrückt.

Das ... gibt's doch nicht ... Wenn ich einfach weitergegangen wäre, hätte der Blumentopf mich erwischt ...! Keita war fassungslos. Vor ihm lagen die rotbraunen Scherben des Tontopfes. Zwischen den schwarzen und den rotbraunen Flecken am Boden blitzte ein weißes Blatt Papier hervor. Keita bückte sich und hob es auf.

Als er das vierfach gefaltete Papier geöffnet hatte, las Keita die unmissverständliche Botschaft, die jemand in nachlässiger Schrift auf den Zettel gekritzelt hatte: »Verschwinde schleunigst von hier!«

Keita merkte, wie ihm das Blut aus dem Gesicht wich.

Was soll das ...? Warum ... Wer zum Teufel tut so etwas ...? Ich soll schleunigst verschwinden? Was habe ich denn bitte getan?

Keita sah nach oben, aber im Schulgebäude konnte er niemanden ausmachen. Ob der unsichtbare Täter ihn jetzt aus seinem Versteck beobachtete? Mit gehetztem Blick suchte er die Umgebung ab.

»Keita!«

Keita drehte sich um. Kazuki, den er im Schulgebäude vermutet hatte, kam atemlos angerannt und erschrak, als er die Scherben des zerschmetterten Blumentopfes zu Keitas Füßen sah.

»Was ist passiert?«

»D…Der Blumentopf kam plötzlich von oben geflogen! Er stand vielleicht irgendwo an einem Fenster.«

Auf Grund der inliegenden Botschaft war natürlich nicht an Zufall zu denken. Aber Keita wollte Kazuki nicht beunruhigen, deshalb spielte er die Sache herunter.

»Oje, da hast du ja noch mal Glück gehabt! Bist du verletzt?«

»Nein, alles okay. Aber sag mal, Kazuki, was machst du denn hier draußen?«

»Drinnen waren keine Hamster. Deshalb dachte ich, wir sollten lieber doch zusammen weitersuchen.«

»Sollen wir mal in der Kantine nachsehen? Hamster haben doch immer Hunger. Vielleicht sind dort welche.«

Auf Kazukis Vorschlag hin rannten sie los. Mit seiner Vermutung hatte er voll ins Schwarze getroffen: Auf den Tischen entdeckten sie zwei kleine braune Hamster.

»Ich hab einen!!«

Das Schild um den Hals des Tieres zeigte tatsächlich fünf Punkte. Nachdem sie dem kleinen Hamster das Schild vorsichtig über den Kopf gestreift hatten, rannten sie aus der Mensa zurück zur Aula. Sie stürmten durch die offene Tür, und Saionji und Shichijo empfingen sie mit einem überlegenen Lächeln.

»Das ging ja schnell! Ihr seid die Ersten!«

Von überall auf dem Schulgelände waren Rufe und wütende Stimmen zu hören. Anscheinend hatte fast niemand einen Hamster gefunden.

»Heißt das, wir …«

»Wir haben es geschafft, Keita!«

Keita wandte sich blitzartig zu Kazuki um, der mit strahlendem Lachen die Faust in die Luft gestreckt hatte.

»Juhu!! Den ersten Wettbewerb haben wir gewonnen!!«

Keita stieg aus dem Becken. Während er sich in der Umkleidekabine des großen Badehauses die Haare trocken rubbelte, summte er in Gedanken versunken eine Melodie vor sich hin. Er war unglaublich erleichtert – so als wäre ihm ein großer Stein vom Herzen gefallen, dabei hatten sie doch erst den ersten Wettkampf gewonnen.

»Du bist ja gut gelaunt …«

Keita drehte sich nach der Stimme um, die ihn von hinten überrascht hatte. Vor ihm stand Nakajima.

»Na klar! Ich habe den ersten Wettkampf gewonnen, Nakajima-san!«

»Ja, ich weiß. Gratuliere.«

Keita wollte fragen, wie es Nakajima und seinem Partner ergangen war, doch er hielt plötzlich inne. Nakajima bildete mit Niwa ein Team, also konnten sie unmöglich im ersten Wettkampf ausgeschieden sein. Außerdem hatte sich die Teilnehmerzahl nun halbiert, und solange man noch nichts über den nächsten Wettkampf wusste, konnte es immer noch

sein, dass die beiden zu direkten Gegnern von Keita und Kazuki wurden.

Nakajima lächelte, als hätte er Keitas Gedanken gelesen.

»Wir sind raus.«

»Was?! O-sama und Sie?!«, rief Keita unwillkürlich aus. Einige der Schüler, die in der Nähe standen, drehten sich um und sahen ihn fragend an.

»Oh, entschuldigen Sie ...«

»Schon gut. Morgen hätten es sowieso alle erfahren. Wir haben nur Hamster mit Null-Punkte-Schildern gefangen.«

»Na, so was ...« Das war wirklich Pech. Was für ein Riesenglück er und Kazuki gehabt hatten, dass sie auf Anhieb das Fünf-Punkte-Schild erwischt hatten.

»Ich habe sowieso nur mitgemacht, weil Niwa mich darum gebeten hatte. Mir ist das alles nicht wichtig. Aber Niwa war ziemlich sauer. Ich glaube, eigentlich wollte er den Rektor einfach einmal persönlich treffen, also mach dir keine Sorgen.«

»Okay ...«

Warum wollte Niwa den Rektor unbedingt persönlich kennenlernen? Das leuchtete Keita nicht ein, doch nun ging es erst einmal um seinen eigenen Kragen.

»Ich kann mir gut vorstellen, was dein größter Wunsch ist. Also, viel Glück!« Nakajima tätschelte Keitas Kopf, wobei er die durch das Trocknen aufgestellten Haare platt drückte.

»Na dann ...«

Während der groß gewachsene Nakajima ihn von oben herab ansah und ihm über die Haare strich, wurde Keita immer nervöser. Nakajima fragte ihn, was los sei, aber Keita starrte ihn nur an. Schließlich wünschte Nakajima ihm noch einmal Glück und wandte sich dann zum Gehen. Keita kam sich ein wenig auf den Arm genommen vor, trotzdem freute er sich über das, was Nakajima zu ihm gesagt hatte.

Auf dem Weg aus dem Badehaus überlegte Keita noch, bei Kazuki vorbeizuschauen. Dann können wir unsere Strategie für den nächsten Wettbewerb besprechen. Jedenfalls will ich mit ihm reden, beschloss er.

Keita lief schnell in sein Zimmer, um das nasse Handtuch aufzuhängen, und stürmte dann sofort wieder hinaus auf den Flur. Er lief geradewegs zu Kazukis Zimmer und klopfte wie immer an seine Tür. Doch es kam keine Antwort.

War er etwa schon wieder nicht da …? Es war bereits nach 21 Uhr. Wo konnte er um diese Zeit bloß stecken?

Keita machte sich Sorgen und ging im Wohnheim auf die Suche nach Kazuki. Er sah in der Mensa nach und beim Kiosk, der längst geschlossen war. Auch ins Badehaus, das er gerade eben erst verlassen hatte, warf er sicherheitshalber noch einen Blick. Aber Kazuki war nirgends zu finden. Keita ging sogar bis in die Lobby, wo ihn Naruse ansprach.

»Was machst du denn um diese Zeit noch hier, Keita?«

»Ich suche Kazuki … Haben Sie ihn gesehen?«

»Kazuki? Du meinst Endo?« Um Naruses Lippen spielte ein etwas bitter wirkendes Lächeln. »Ihr seid Partner beim MVP-Wettbewerb, oder?«

Keita blieben die Worte im Hals stecken, so geknickt

klang Naruses Tonfall. Bevor der Wettkampf begonnen hatte, hatte Naruse ihn darum gebeten, sein Partner zu werden, und Keita war es nicht leicht gefallen dies auszuschlagen.

»Ähm, es tut mir leid …«, rutschte es Keita heraus, aber dann überlegte er es sich anders. Er hatte Angst, dass seine Entschuldigung Naruse unangenehm berühren könnte.

»Mach dir doch keinen Kopf deswegen! Ist doch klar, dass du mit Kazuki zusammen teilnimmst. Gratulation übrigens zum ersten Sieg! Ich habe den ersten Wettkampf auch überstanden. Ich wünsche dir viel Glück beim zweiten Teil!« Naruse zwinkerte Keita zu, der sich unwillkürlich fragte, was Naruse sich wohl vom Rektor wünschen würde.

»Ach, und wegen Endo – mir war so, als hätte ich ihn vorhin draußen gesehen. Ich glaube, er ging in Richtung Schulhof, ich frage mich, wo er um diese Zeit hinwollte …«

Im Schulhof? Das war wirklich seltsam. Aber da Keita ihn bereits im ganzen Wohnheim gesucht und nicht gefunden hatte, konnte Naruse Recht haben.

»Danke! Ich seh dann mal draußen nach!«

»Pass auf dich auf, es ist schon dunkel!«

Keita war bereits losgerannt, als er Naruse noch ein »Ja!« zurief. Während Naruse seinem Schwarm nachsah, glitt ein mildes Lächeln über sein Gesicht.

»Ich will nur eins: den Sieg. Und den werde ich dann dir widmen.« Er wusste nur zu gut, dass zwischen Keita und Kazuki kein Blatt Papier passte, aber er war nicht der Typ, der so schnell aufgab.

Draußen war es bereits ziemlich dunkel. Im Schulgebäude war auch niemand mehr zu sehen, alle Lichter waren erloschen.

Naruse-san hat gesagt, er wäre in Richtung Schulhof gegangen … aber was wollte Kazuki dort?, fragte sich Keita. Hatte er im Schulgebäude vielleicht etwas liegen lassen?

Keita hatte nur das Licht des Mondes zur Unterstützung und ging vorsichtig, einen Fuß vor den anderen setzend, weiter. Es herrschte absolute Stille, doch plötzlich glaubte er, in der Ferne Stimmen zu hören.

Im Schatten der Büsche konnte er zuerst nur jemanden ausmachen, der den Blazer der BL trug. Doch Keita erkannte Kazuki auch von hinten sofort. Er wollte ihn gerade ansprechen, als er erschrocken innehielt. Kazuki stand einem breitschultrigen Jungen in grauschwarzer Uniform gegenüber … Kuganuma?! Aber was hatte Kazuki hier mit Kuganuma zu suchen?

Keita wagte seinen Augen kaum zu trauen, doch es war zweifellos Kuganuma. Er konnte sein Gesicht nun von vorn sehen. Trotz der Dunkelheit konnte er erkennen, dass um Kuganumas Lippen ein leichtes Lächeln spielte. Worüber sie sprachen, konnte Keita nicht verstehen, aber es klang nicht so, als würden die beiden sich streiten. Was zum Teufel hatte Kazuki hier mit diesem Typen zu suchen …

Keita stand wie angewurzelt da und starrte die beiden an. Er konnte sich beim besten Willen nicht vorstellen, warum der Vizerektor sich um diese Zeit heimlich mit einem ganz normalen Schüler treffen sollte – und das an einem solchen Ort. Unschlüssig machte Keita kehrt und entfernte sich von den beiden. Es würde sicher Ärger geben, wenn er entdeckt würde, und außerdem hatte er genug gesehen.

Ungefähr dreißig Minuten später kam Kazuki in sein Zimmer zurück.

»Keita?« Er sprach Keita, der vor seiner Zimmertür stand und ihm entgegensah, genauso an wie immer.

»Kazuki … Wo warst du?«

»Äh … Nur ein bisschen spazieren. Was ist los, Keita? Wolltest du etwas von mir?«

Dasselbe Lächeln wie immer. Und dieselbe wohlbekannte, fröhliche Stimme. Keita spürte einen Stich in seinem Herzen, als er Kazuki so sah.

»Ich wollte mit dir reden und habe dich gesucht. Und da habe ich dich im Schulhof …«

Kazukis Miene erstarrte für einen winzigen Augenblick. Hätte Keita nicht genau darauf geachtet, hätte er es nicht einmal bemerkt.

»Was … verheimlichst du mir?«

»Was soll das? Ich verheimliche nichts …«

»Kazuki!!« Warum stellt er sich jetzt dumm?! Er muss doch wissen, was ich im Schulhof gesehen habe. Aber warum sagt er trotzdem kein Wort dazu? Keita war verwirrt. Kazuki konnte unmöglich so etwas wie eine dunkle Seite haben, die Keita nicht kannte. Es musste eine plausible Erklärung dafür geben, dass Kazuki sich mit Kuganuma auf dem Schulhof getroffen hatte.

»Was ist eigentlich los mit dir?! Wieso lügst du mich an?! Ich habe euch gesehen! Du hast dich mit Kuganuma unterhalten!!«

»Warte mal, Keita. Du musst da etwas verwechselt haben! Ich war überhaupt nicht auf dem Schulhof …«

Keita stieß ein zorniges Geräusch aus und der ratlos aussehende Kazuki wollte ihm beschwichtigend über die Wange streicheln. Doch das machte Keita nur noch wütender.

»Gar nichts habe ich verwechselt!! Ich habe dich von hinten gesehen! Und deine Stimme gehört! Was soll das überhaupt … wie könnte ich dich verwechseln?!«

Für Keita war es schlimmer als alles andere, dass Kazuki ihn anlog. Er hatte geglaubt, in ihm seinen besten Freund gefunden zu haben, und er hatte ihm mehr vertraut als jedem anderen. Doch das Gefühl, hintergangen worden zu sein, wuchs immer stärker in ihm. Und das, obwohl er sich sicher war, er würde jede Erklärung aus Kazukis Mund akzeptieren, solange dieser nur irgendeine abgab. Doch Kazuki machte sich nicht einmal die Mühe, eine Ausrede zu erfinden, er log einfach und hielt Keita damit zum Narren.

»Wenn du es mir nicht sagen willst, bitte! Und ich hatte gedacht, wir wären Freunde … Dir kann ich nicht mehr vertrauen!!« Keita brüllte vor Wut und drehte Kazuki dann den Rücken zu. Er wollte weglaufen, aber Kazuki packte ihn an der Schulter und hielt ihn zurück.

»Warte bitte!! Keita!!«

Ein Arm legte sich um seinen Oberkörper. Wärme umfing Keitas Rücken und heißer Atem streifte seine Wangen.

»Kazuki …«

»Geh nicht weg, Keita. Warte … Bitte, sag so etwas nicht noch einmal …«

Zärtliche Arme umfassten Keita von hinten und sein Körper erstarrte.

»Ich will dich doch nur beschützen. Ich bitte dich, vertrau mir …«

»Aber …« Kazuki machte es sich in Keitas Augen ziemlich einfach. Einfach so zu verlangen, dass er ihm vertraute ohne jede weitere Erklärung? Wie stellte er sich das vor? Dann spürte er wieder Kazukis warme Umarmung. Er wollte ihm vertrauen. Kazuki war sein bester und wichtigster Freund. Er konnte gar nicht anders, als ihm zu glauben.

Unfähig, Kazukis Arme abzuschütteln oder sich auch nur einen Millimeter zu bewegen, erhob Keita leise die Stimme.

»Okay. Aber warum erklärst du mir nicht einfach alles? Mir fällt das sonst wirklich schwer …«

»Ich …« Kazuki stockte. »Keita, im Moment musst du mir leider einfach glauben, dass ich alles tue, um dich zu schützen. Ich lasse nicht zu, dass dir etwas geschieht!«

Sooft Kazuki auch betonte, dass er ihn schützen wollte – wie sollte Keita ihm in dieser Situation blind vertrauen? Es sprach einfach zu viel dagegen, und doch, er wollte ihm glauben. Die Arme, die sich so fest um ihn geschlossen hatten,

und die Stimme, die eindringlich auf ihn einredete, konnten einfach nicht zu einem Menschen gehören, der ihm gerade etwas vorspielte. Keita befreite sich sanft aus der Umarmung, nachdem er seine Entscheidung getroffen hatte.

»Kazuki, lass mich bitte los. Ich vertraue dir, aber … solange du nicht offen zu mir bist, funktioniert das einfach nicht.«

Langsam entfernte er sich von Kazuki und wandte sich schüchtern zu ihm um. Mit klopfendem Herzen sah er ihm unsicher und traurig direkt in die Augen. Doch Kazuki schwieg.

Betrübt kehrte Keita in sein Zimmer zurück und ließ sich kraftlos auf sein Bett fallen. Er vergaß sogar, das Licht anzumachen, vergrub den Kopf im weichen Kissen und seufzte laut auf.

Dieser Blödmann, dachte er. Warum macht er denn nicht einfach den Mund auf?

Am Tag seiner Ankunft in der Akademie war Kazuki es gewesen, der ihn als Erster angesprochen hatte. Er hatte sich fürsorglich um ihn gekümmert, als ihm alles noch völlig fremd gewesen war, und war nicht von seiner Seite gewichen. Auch bei den MVP-Spielen hatte er bewiesen, dass er ein verlässlicher Partner war. Ausgerechnet er, den er für seinen besten Freund gehalten hatte, hatte nun irgendwelche Heimlichkeiten mit Kuganuma und wollte ihm nicht verraten, worum es ging, nein, Kazuki verlangte sogar, dass er ihm blind vertraute. Doch das konnte er nicht. Er war zu unsicher über Kazukis wahre Absichten. Er konnte sich nicht vorstellen, dass Kazuki, der ihn umarmt und ihm versprochen hatte, ihn zu beschützen, ihn belog. Er verstand einfach nicht, was eigentlich los war. Beschützen? Wovor denn?

Je mehr er darüber nachdachte, desto stärker wurden seine Zweifel an allem, was Kazuki bisher getan hatte. Seine teils übertriebene Freundlichkeit, sein zeitweiliges Verschwinden. Er hatte bei den MVP-Spielen zwar alles gegeben, aber … Plötzlich kam ihm noch ein Gedanke in den Sinn. Wo war Kazuki eigentlich gewesen, als der Blumentopf herabgestürzt war? Eigentlich hatte er ihn im Schulgebäude vermutet, doch wie konnte er dann so schnell herausgeeilt sein, noch dazu so abgehetzt und außer Atem?

»Einen Moment mal …!« Keita wurde bewusst, dass er tatsächlich begonnen hatte, an Kazuki zu zweifeln. Aber andererseits: Wie konnte er auch nur die Idee in Betracht ziehen, Kazuki könnte so etwas getan haben?

Auch wenn er weiterhin schweigt, ich will ihm vertrauen, nahm er sich vor.

Von diesem Abend an ging Keita Kazuki vorerst aus dem Weg. In der Schule hielt er sich möglichst in größeren Gruppen auf, im Wohnheim schloss er sich meist in sein Zimmer ein. Kazuki versuchte immer wieder ihn anzusprechen, doch da Keita stets von anderen umgeben war, beschränkten sich ihre Themen auf Belangloses wie den Unterricht und die Hausaufgaben. Er hatte das Gefühl, dass Kazuki sehr um eine Versöhnung bemüht war. Auch er selbst wollte sich endlich mit ihm aussprechen, um diesem unerträglichen Zustand ein Ende zu setzen. Doch wie sollte das möglich sein, wenn Kazuki es nach wie vor vermied, auf den Punkt zu kommen, was die wesentliche Frage anging.

Am Tag des zweiten MVP-Wettkampfs hatte sich an diesem Zustand nichts geändert. Die Schüler wurden gleich am Morgen per Lautsprecher gebeten, sich in der Aula zu versammeln. Die Zahl der Anwesenden hatte sich kaum verändert, doch wenn man ganz genau hinsah, konnte man am Grad ihrer Anspannung erkennen, dass etwa die Hälfte von ihnen diesmal nur als Zuschauer gekommen war. Im selben Maße, in dem sich die Teilnehmerzahl reduziert hatte, war die Stimmung gestiegen. Taki hatte wieder dafür gesorgt, dass Wetten auf die möglichen Sieger abgeschlossen werden konnten.

»Keita!«

Hastig wandte Keita sich um, als er seinen Namen hörte. Er konnte Kazuki noch immer nicht in die Augen sehen. Kazukis Gesicht verdüsterte sich, als er bemerkte, dass Keita seinem Blick auswich.

»Keita! Willst du immer noch hier an der Schule bleiben?«

»Ob ich ... Na klar will ich das!« Keita hob den Kopf und blickte in Kazukis ernste Augen.

»Dann konzentrier dich jetzt bitte nur auf den Wettkampf! Weißt du noch, was ich neulich zu dir gesagt habe? Auch wenn ich noch nicht offen zu dir sein kann, will ich alles tun, um dich zu schützen. Ich werde mein Bestes geben, dir zu helfen! Also …«

An jenem Tag hatte Keita ihm an den Kopf geworfen, dass er ihm nicht glaubte und war vor Kazuki davongelaufen. Doch Kazuki hatte ihm versprochen, ihn zu schützen, und seine Arme kräftig, aber liebevoll um ihn geschlossen. Seine ernste Stimme … und jetzt sein fester Blick …

Kazuki scheint wirklich viel an mir zu liegen, erkannte Keita.

»Kazuki … In Ordnung.«

Kazuki atmete auf. Er schien erleichtert, dass er nicht Keitas einzige Chance ruiniert hatte, an der Akademie bleiben zu können.

Kazuki hat Recht. Ich darf mich jetzt nicht aus dem Konzept bringen lassen, schließlich ist das der einzige Weg, meiner Suspendierung etwas entgegenzusetzen, dachte Keita versöhnlich.

»Es geht los!«, rief jemand, und die Blicke aller Anwesenden richteten sich auf die Bühne. Am Rednerpult erschien der inzwischen vertraute blaue Teddybär.

»Die Teilnehmerzahl ist bereits auf die Hälfte geschrumpft. Heute prüfen wir nun endlich euer Wissen!« Der Lautsprecher verzerrte die Stimme so sehr, dass man nicht erkennen konnte, wer der Sprecher war.

»Bei diesem Wissenstest geht es allerdings nicht ausschließlich um euer schulisches Wissen, keine Sorge! Lasst euch einfach ganz unvoreingenommen auf die Fragen ein!«

Dann stellte er die Aufgabe des Tages vor, eine Art Orientierungslauf durch die BL-High. Jeder musste ein Los ziehen, das das erste Ziel bestimmte, und dort nach einem Stoffbären Ausschau halten, der die erste Frage stellen würde. Bei der richtigen Antwort durfte man zur nächsten Station weiterziehen. Nur wer auch die dort deponierte Frage richtig beantwortete, konnte in die Aula zurückkehren, die das Ziel darstellte. Doch erst dann wurde es richtig knifflig.

»Beim heutigen Wettbewerb geht es um Geschwindigkeit! Wer als Erster wieder in der Aula ist, hat gewonnen!«

Ein Raunen ging durch die Menge der versammelten Schüler.

»Was? Wieso das denn?«

»Es sollte doch eigentlich drei Runden geben!!«

Immer mehr Proteste wurden laut, doch die Stimme des Bären blieb gelassen.

»Hört alle zu! Der Gegner für den dritten Wettbewerb steht schon fest. Aber konzentriert euch jetzt nur auf die zweite Runde!«

Wer mochte der Gegner für die dritte Runde bloß sein? Diese Frage musste vorerst jedoch ungeklärt bleiben und erhöhte die Spannung auf das Finale. Sie stellten sich an, um ihr jeweiliges Los zu ziehen, und sobald jeder eines in Händen hielt, rannten alle gleichzeitig los.

»Super! Die Kantine!«, rief Keita, »die ist gleich neben der Aula!«

Das Startsignal ertönte und alle stürmten los. Für Keita

war es im Augenblick unwichtig, wie es zwischen ihnen aussah. Er hatte im Moment nur ein Ziel: die MVP-Spiele zu gewinnen und an der BL zu bleiben.

Auf dem Tisch, der der Kantinentür am nächsten lag, wartete der blaue Teddybär bereits auf sie. Er war eine Nummer kleiner als sein Artgenosse in der Aula. In beiden Händen hielt er einige in der Mitte zusammengefaltete Blätter.

»Ihr dürft nur eine Fragenkarte öffnen. Kommt gar nicht erst auf die Idee zu schummeln – ihr werdet gut beobachtet!«

Offenbar war an dem Bären eine Überwachungskamera angebracht. Auch wenn ihnen das merkwürdig vorkam, war jetzt nicht der Zeitpunkt, sich darüber Gedanken zu machen. Schnell nahmen sie eine der Aufgabenkarten an sich. Darauf befand sich eine Rechenaufgabe. Eine ganz einfache Rechenaufgabe: Was ist 24 geteilt durch 3?

»8 …«

Die Einfachheit der Frage verwirrte sie für einen Augenblick.

»Richtig! Begebt euch nun zu dem Ort, der auf der Karte angegeben ist!«

Die nächste Station befand sich in der Turnhalle, dem Ort, der am weitesten entfernt vom Schulgebäude lag. Keita wollte schon aus der Kantine stürmen, als er von Kazuki aufgehalten wurde.

»Keita, komm mit!«

Kazuki rannte in Richtung der Küche, einer plötzlichen Eingebung folgend. Keita folgte ihm verdutzt und schlängelte sich an den Öfen und anderen Gerätschaften vorbei.

»Hier lang! Hier lang!«, winkte ihn Kazuki heran und öffnete eine für das Küchenpersonal vorgesehene Tür.

»Von hier aus ist es nicht mehr weit!«

Keita hatte nicht damit gerechnet, dass eine solche Abkürzung überhaupt existierte. Doch woher wusste Kazuki davon – schließlich war er auch erst seit einigen Monaten an der Akademie?

Beim Kulturgebäude, an dem sie auf ihrem Schleichweg vorbeikamen, hörten sie plötzlich einen Aufschrei.

»Was soll das denn?! Wie viele Polymerasen sind an der Humanblastogenese beteiligt?! Polymerasen …?! Ich versteh kein Wort!«

»Ist das etwa auch eine Aufgabe …?«

»Scheint unterschiedliche Schwierigkeitsgrade zu geben … Da hatten wir wirklich Glück, Keita!«

Das hatten sie offenbar wirklich gehabt. Auf die eben gehörte Frage hätte er beim besten Willen keine Antwort gewusst – er verstand ja noch nicht einmal die Frage.

Hoffentlich wird auch die nächste Aufgabe leicht, betete Keita, als er Kazuki in Richtung Turnhalle folgte. Der Bär, der sie dort erwartete, thronte auf dem Ring des Basketballkorbs.

»Da oben sieht ihn doch keiner!«

Nicht nur, dass er schwer zu finden war, er hatte auch

noch dieselbe weiße Farbe wie die Tafel in seinem Rücken. Hätte Kazuki ihn nicht zufällig bemerkt, hätten sie sicher eine Menge Zeit damit verbracht, die Frage überhaupt zu finden.

»Da hatten wir ja noch mal Glück, dass wir ihn so schnell entdeckt haben!«

Kazuki warf einen Volleyball, der in der Ecke gelegen hatte, nach oben und fing den herabfallenden Bären mit beiden Händen auf.

»Also, Keita! Such dir eine Frage aus!«

»Okay. Ah, super! Das ist einfach! Nenne ein repräsentatives Werk von Natsume Soseki!«

Das war wirklich leicht. Kazuki nickte Keita auffordernd zu, der unwillkürlich in Jubel ausgebrochen war.

»Dann nehme ich ›Ich, der Kater‹.«

»Richtig!! Das heißt ja, wir haben beide Aufgaben gelöst! Also schnell zurück in die Aula!«

Sie klatschten einander siegessicher in die Hände und hetzten aus der Turnhalle. Zuvor setzte Kazuki den Bären noch rasch auf den Torpfosten. Nicht gerade nett denjenigen gegenüber, die nach ihnen kämen. Als Keita dies lachend erwähnte, gab Kazuki ebenfalls bester Laune zurück, dass er ja nur den Originalzustand wiederhergestellt hatte.

Auch wenn ihr eigenes Problem noch immer nicht gelöst war, fühlte es sich dennoch gut an, jetzt mit ihm gemeinsame Sache zu machen. Immerhin war es Kazuki gewesen, der den Schleichweg gekannt und den Bären in der Turnhalle entdeckt hatte. Ohne ihn wäre Keita niemals so gut vorangekommen.

»Jetzt aber schnell, sonst kommt uns doch noch jemand zuvor!«

»Keine Sorge. Da ja nur ein Team gewinnt, ertönt die Schulglocke, sobald jemand das Ziel erreicht hat.«

Auch wenn das Keita etwas beruhigte – sie durften sich trotzdem keine Zeit lassen.

»Keita, komm mit!!«

Wie viele Schleichwege Kazuki wohl noch kannte? Diesmal öffnete er eines der Bibliotheksfenster und kletterte hinein.

»Von hier aus kommen wir schneller auf die andere Seite des Schulgeländes!«

Kazuki war schon im Inneren der Bibliothek verschwunden. Hastig kletterte auch Keita über die Böschung und streckte die Hand nach dem Fensterrahmen aus.

»Uah?!« Er wurde plötzlich von hinten am Arm gepackt, verlor das Gleichgewicht und griff verzweifelt ins Leere. In diesem Moment wurde ihm etwas aufs Gesicht gepresst. Ein Stück Stoff bedeckte seine Nase und er atmete einen süßlich-scharfen Geruch ein. Alles begann sich zu drehen.

W...Was?, dachte er noch, bevor ihm schwarz vor Augen wurde und er das Bewusstsein verlor.

Er nahm ein seltsames Geräusch wahr. So, als würde etwas mit tiefer Frequenz vibrieren ... Seine Schultern und sein Nacken machten sich mit pochenden Schmerzen bemerkbar. Er versuchte sich zu bewegen, doch seine Arme rührten sich keinen Millimeter. Unter seinen Fingern spürte er harten Beton. Ihm wurde bewusst, dass er auf der Seite lag. Er öffnete die Augen, doch er konnte nichts erkennen. Wo um alles in der Welt …

»Bist du wieder bei Bewusstsein?«, fragte eine tiefe und seltsam gepresst klingende Männerstimme oberhalb seines Kopfes, die offenbar auf sein leises Stöhnen aufmerksam geworden war.

»Wer … Ich …« Endlich war er vollständig zu sich gekommen. Seine Augen waren mit einem Tuch verbunden und die Arme hinter dem Rücken so gefesselt, dass er sich nicht einmal aufrichten konnte.

»Gegenwehr ist zwecklos. Verhalte dich einfach ruhig. Ich soll nur dafür sorgen, dass du nicht weiter an den MVP-Spielen teilnimmst.«

»Was …?! W…Wer bist du überhaupt?!«

»Darauf erwartest du nicht wirklich eine Antwort, oder? Außerdem stelle ich hier die Fragen.« Der Kerl beugte sich vor und griff nach Keitas Kinn. »Antworte! Wie bist du an die Akademie gekommen? Hast du irgendwelche Beziehungen zum Rektor?«

»Was …?« Dieselben Fragen hatte Kuganuma ihm auch schon gestellt. War sein Entführer also einer seiner Handlanger?

Wenn das stimmt … Und selbst wenn nicht, das wird er bereuen!!, schwor sich Keita.

»Was soll das alles?! Mich einfach zu fesseln und mir die

Augen zu verbinden ... Das ist doch lächerlich!! Wenn du mich etwas fragen willst, dann geht das auch ganz normal!«

»Werd bloß nicht frech!«

»Frech?! Und das von jemandem, der zu solch armseligen Methoden greifen muss, um seine Fragen zu stellen?!«

Unüberhörbares Zähneknirschen wurde laut. Keita glaubte, eine vor Zorn zitternde Faust zu erkennen. Sein Gegenüber würde ihn doch wohl nicht etwa schlagen? Doch selbst wenn, Keita war im Moment nicht nach Diplomatie oder Zurückhaltung zu Mute.

»Verd... Dann behalt's eben für dich, wenn du nicht reden willst! So oder so, an deinem Rausschmiss wirst du nichts mehr ändern können.«

»Was ...?«

»Sicher hoffst du, dass dich hier irgendjemand rechtzeitig findet. Aber hierher wird niemand kommen. Wenn sie dich finden, sind diese unerträgliche Veranstaltung und der ganze Trubel längst gelaufen.« Er fluchte laut und ließ Keita dann allein. Hastig schüttelte dieser den Kopf, um sich von der Augenbinde zu befreien. Er schaffte es tatsächlich, sie abzuschütteln, doch als seine Augen sich an die Dunkelheit gewöhnt hatten, war von dem Kerl keine Spur mehr zu sehen.

»Mist ... Wieso musste das ausgerechnet mir passieren?« Keita kniff die Augen zusammen und sah sich um. Alte Schließfächer, Stufenleitern und Eisenstangen waren überall verstreut. Dahinter befanden sich eine Maschine, die die brummenden Geräusche verursacht hatte, und ein großer Tank.

Ist das hier etwa der Heizungsraum …?, grübelte Keita. Oh Mann, hier findet mich ja wirklich niemand!

Er scheuerte das Seil, mit dem er gefesselt war, am Boden entlang, um den Knoten zu lockern. Doch die Fesseln gaben keinen Millimeter nach. Auch seine Beine waren zusammengebunden und ließen sich ebenso wenig befreien. Keita war nicht einmal mehr nach Galgenhumor zu Mute. Ausgerechnet jetzt hier festgehalten zu werden war fatal. In der Zwischenzeit konnte längst jemand das Ziel erreicht haben und die zweite Runde des Wettkampfes wäre beendet.

»Hallo! Hört mich jemand?!«, schrie er aus vollem Halse, doch seine Stimme hallte nur von den nackten Mauern wider.

Wenn das hier wirklich der Heizungsraum ist, sind die Wände sicher so dick gedämmt, dass kein Ton nach außen dringt, wurde ihm mit zunehmender Verzweiflung bewusst. Ein kalter Schauer lief ihm über den Rücken. Er wollte nicht weiterdenken, was passierte, wenn ihn hier wirklich niemand fand.

Wie war er nur in diese Situation geraten? Die zweite Runde der MVP-Spiele … Die Fragen waren einfach gewesen, Kazuki hatte eine Menge Abkürzungen gekannt und sie waren bestens vorangekommen. Über den Schleichweg durch die Bibliothek wären sie gewiss rasch am Ziel gewesen. Die Abkürzung über das Fenster hinter dem Gebüsch kannte sonst sicher niemand. Doch gerade weil dieses Fenster so versteckt lag, hatte er auch so einfach überrumpelt werden können.

Das gibt's doch nicht ...! Ein schrecklicher Gedanke schoss ihm durch den Kopf. Er begann am ganzen Körper zu zittern.

Was denke ich da überhaupt? Dahinter steckt doch wohl nicht Kazuki ...?

Kazuki kannte sich auf dem Schulgelände aus, ihm waren alle Schleichwege vertraut, obwohl auch er relativ neu hier war. Er hatte ihn zu diesem toten Winkel geführt, an dem er geschnappt worden war.

Moment ...! Nein, so etwas darf ich gar nicht denken! Dass Kazuki und ich für die zweite Frage zur Turnhalle geschickt wurden, war doch reiner Zufall, hielt er sich vor Augen. Schließlich stand die Anweisung auf der Fragekarte in der Kantine.

Schluss damit! Ich bin total durcheinander. Sonst käme ich nicht auf diese absurde Idee, dass Kazuki seine Finger mit im Spiel haben könnte!, rief er sich selbst zur Ordnung.

»Kazuki!!«, schrie er aus Leibeskräften. Er wollte jetzt nichts mehr, als seinen Freund bei sich zu haben, damit diese Zweifel nicht noch größer wurden.

Ich will Kazuki vertrauen!, dachte er. Ich will seinem ernsten Blick Glauben schenken, mit dem er mir versichert hat, dass er mich nur schützen will, auch wenn er mir den Grund für sein Gespräch mit Kuganuma nicht verraten kann.

»Kazuki! Kazuki, Hilfe! Kazuki!« Seine verzweifelten Schreie prallten an den dicken Mauern ab, doch er brüllte weiter. Er wollte Kazuki vertrauen! Er wollte seiner Schwäche

nicht nachgeben, die ihm diese Zweifel ins Herz zu pflanzen versuchte. Er wollte einfach nicht daran denken, dass Kazukis verzweifeltes Flehen, ihm doch zu glauben, möglicherweise nur eine Farce gewesen war.

»Kazu...ki ...« Sein Hals war inzwischen vom Schreien rau geworden. Erschöpft sank er auf dem Boden in sich zusammen.

»Keita! Bist du hier?!«

»Kazuki?!« Er hörte, wie eine Tür heftig aufgerissen wurde. Die Stimme kam näher und Keita hob den Kopf. Da war er. Kazuki war Keitas Rufen hierher gefolgt. Schweißüberströmt schob Kazuki mit verzweifeltem Gesichtsausdruck das Gerümpel aus dem Weg und ließ sich schließlich neben Keita nieder.

»Alles okay mit dir? Wer um alles in der Welt macht denn so was?!«

»Kazuki, ich ...«

»Was ist? Bist du verletzt? Keita ... «

Keita brach in Tränen aus. Als die Tür geöffnet wurde und er Kazukis Stimme gehört hatte, war die Anspannung auf einen Schlag von ihm abgefallen. Dass Kazuki auf ihn zugestürmt war, ihn in die Arme geschlossen und mit seinen heißen Händen das Seil gelöst hatte, hatte ihn überwältigt. Die Tränen schossen aus seinen Augen, als wäre ein Damm gebrochen.

»Keine Sorge, ich bin nicht verletzt ... ich bin nur ... fix und fertig!«

Alles, was sich in ihm angestaut hatte, brach nun durch den beruhigenden Anblick von Kazukis Gesicht mit einem Schlag aus ihm heraus.

»Der Kerl, der mich hier eingeschlossen hat, hat gesagt, dass es jemanden gibt, der meinen Sieg bei den MVP-Spielen verhindern will! Er wollte wissen, wie ich überhaupt hierher an die Akademie gekommen bin … aber das weiß ich ja selbst nicht!«

»Keita …«

»Ich bin so gern an dieser Schule! Ich wünsche mir einfach nur, dass ich hierbleiben kann. Mehr will ich doch gar nicht! Aber als dann bei der ersten MVP-Runde …«

»Was war da?«

Keita hatte die Heimlichkeiten satt, also erzählte er Kazuki von dem abgestürzten Blumentopf und dem Drohbrief darin.

»Wie bitte? Und warum hast du mir nichts davon erzählt?«

»Weil ich … nicht wollte, dass du dir Sorgen machst.« Kraftlos ließ Keita den Kopf hängen, während Kazukis Lippen vor Zorn bebten. Unter Tränen murmelte er: »Vielleicht wäre es besser gewesen, ich wäre nie hierhergekommen …«

»Trottel! Was sagst du denn da?!« Kazuki packte ihn an den Schultern. In seinem Gesicht, das dem von Keita nun ganz nahe war, lag eine beinahe erschreckende Ernsthaftigkeit.

»Du bist hier genau richtig! Hör bloß auf, etwas anderes zu denken!«

»A…Aber … vielleicht gehöre ich ja wirklich nicht hierher …«

»Natürlich tust du das! Ich lasse nicht zu, dass du von hier wegmusst!! Ich will, dass du hierbleibst!! Also lass dich bloß nicht einschüchtern …!«

Kazukis Gefühlsausbruch irritierte Keita und machte ihn gleichzeitig traurig.

Was habe ich nur gedacht? Wie konnte ich nur an ihm zweifeln, wo er doch so für mich kämpft?, warf er sich vor.

Kazuki ist es offensichtlich wirklich ernst, erkannte er.

»Keita, ich werde dafür sorgen, dass derjenige, der dir das angetan hat, es bereuen wird.«

Keita spürte, dass Kazuki meinte, was er da sagte. Er war so ergriffen, dass er nichts erwidern konnte, sondern Kazuki einfach nur anstarrte.

»Dafür müssen wir zuerst einmal die MVP-Spiele gewinnen! Damit wir Kuganuma beweisen, dass du das Zeug dazu hast, hier zu sein!«

»Ja …«

»Ich lasse nicht zu, dass so etwas noch einmal passiert! Ich passe auf dich auf! Ich werde keinen Schritt mehr von deiner Seite weichen!«

»Kazuki …« Keitas Schultern schmerzten unter der festen Umklammerung. Kazukis Blick war so eindringlich, dass Keita beinahe Angst bekam. Es lag eine Ernsthaftigkeit darin, die kaum zuließ, dass man diesem Blick auswich. Warum nur starrte er ihn so an? Er wirkte derart entschlossen, dass

Keita nicht recht wusste, wie er reagieren sollte. Einerseits war ihm bewusst, dass er sich bisher zu sehr auf Kazuki verlassen hatte. Doch andererseits vermittelte Kazuki ihm das Gefühl, dass gar nichts falsch daran war, ihm blind zu vertrauen.

»K...Kazuki, wir müssen los! Sonst sind die MVP-Spiele gelaufen – ohne uns!«

»Du hast Recht!«

Gut, dass es im Heizungsraum so dunkel war. Sonst hätte Kazuki bemerkt, dass Keitas tränenüberströmte Wangen ganz rot waren. Als sie nach draußen gingen, mussten sie die Augen wegen der plötzlichen Helligkeit zusammenkneifen. Plötzlich stand Nakajima vor ihnen.

»Du hast ihn also gefunden?«

»Nakajima-san? Was ...«

»Nakajima-san hat deine Stimme hier gehört und mir Bescheid gesagt.«

In diesen abgelegenen Teil des Schulgebäudes kam nur selten jemand, und Keita war dem Zufall sehr dankbar, der jemanden hatte auf ihn aufmerksam werden lassen.

»Nakajima-san, was ist mit den MVP-Spielen?«, fragte Kazuki, und Keita hielt den Atem an. Wenn bereits jemand gewonnen hatte, dann wäre alles vorbei.

»Noch ist nichts entschieden. Bisher kam keine Durchsage, dass es vorbei ist.«

»Dann haben wir also noch eine Chance!«

»Nakajima-san, danke!!«

Hastig stürzten die beiden davon. Während Nakajima

ihnen nachblickte, huschte ein ungewöhnlich sanftmütiges Lächeln über sein Gesicht.

»Viel Glück euch beiden!«

»Was? Ausgerechnet die?!«, erhoben sich erstaunte Stimmen unter den neugierigen Zuschauern, als sie über den Schulhof hetzten und gleichzeitig in die Aula gestürmt kamen. Doch sie würdigten das Publikum keines Blickes, sondern sprangen unbeirrt auf die Bühne.

»Wir haben beide Fragen gelöst!«

Im selben Augenblick ertönte auch schon eine Lautsprecherdurchsage über den gesamten Campus.

»Ito und Endo haben es geschafft! Die zweite Runde des Wettbewerbs ist hiermit beendet!!«

Während hier und da im Schulgebäude enttäuschte Aufschreie zu hören waren, sprangen Kazuki und Keita Hand in Hand herum.

»Geschafft! Jetzt wartet das große Finale!!«

Die Freude über den Sieg der zweiten Runde war riesig. Von allen Seiten hörte Keita in den folgenden Tagen Glückwünsche und bestärkende Worte, abgesehen von einigen, denen ihr Triumph offensichtlich missfiel. Ihre Gefühlslage wechselte zwischen Freude und Stolz, getrübt nur von den wenigen unerfreulichen Reaktionen ihrer Mitschüler. Es folgten einige ruhige Tage, bevor der große Tag endlich bevorstand. Keita war aufgeregt und er hoffte, dieser Herausforderung gewachsen zu sein. Was mochte ihn wohl erwarten? Es fehlte noch der letzte Wettbewerb, bei dem ausschließlich das Glück entscheiden sollte. Am Abend zuvor hockte er im Schneidersitz auf seinem Bett und dachte nach.

Ich glaube an mein Glück. Das allererste Los, das ich mir als Grundschüler gekauft habe, hat mir gleich tausend Yen eingebracht, und bei Preisausschreiben habe ich schon drei Auslandsreisen gewonnen. Ich habe bisher alle Prüfungen bestanden und auch bei den MVP-Spielen Dusel mit den Fragen gehabt.

Keita nahm an, dass er deshalb auch bei der letzten Prüfung ernst zu nehmende Chancen haben würde.

»Ich bin einfach ein Glückspilz!«

Doch je näher der nächste Tag rückte, desto unsicherer wurde er. Er fühlte, wie der Druck stieg. Als er zum wiederholten Male laut geseufzt hatte, klopfte es zweimal höflich an seine Tür. Es war Kazuki.

»Ah … Komm rein.«

Hastig sprang er vom Bett auf. Kazuki kam oft zu Besuch, deshalb musste er ihm nicht extra die Tür öffnen.

»Na, Keita? Morgen ist es endlich so weit …« Kazuki betrat den Raum mit dem gewohnt entspannten Gesichtsausdruck. Wie üblich ließ er sich auf den Rand von Keitas Bett sinken und Keita setzte sich auf seinen Schreibtischstuhl. So saßen sie einander immer gegenüber.

Kazuki hatte ihn aus dem Heizungsraum befreit, doch er hatte seither kein Wort mehr darüber verloren. Er verschwand immer wieder aus dem Internat, hatte sich des Nachts mit Kuganuma im Schulhof getroffen … Für all das hatte er noch keine Erklärung abgeliefert. Doch Keita hatte ihn auch nicht mehr danach gefragt. Er hatte beschlossen, nicht mehr an Kazuki zu zweifeln. Kazuki würde ihm sicher alles sagen, wenn die Zeit dafür gekommen wäre. Daran glaubte er fest.

Die verkrampfte Atmosphäre, die zwischen ihnen entstanden war, war verschwunden, als hätte sie nie existiert. Zumindest oberflächlich. Keita hatte wirklich beschlossen, Kazuki zu vertrauen. Doch jetzt, da die zweite Runde bestanden war, begann er, sich über etwas ganz anderes Gedanken zu machen.

Warum bin ich eigentlich derart auf ihn fixiert?, schoss es ihm durch den Kopf. Doch das war nicht der passende Moment für solche Grübeleien. Es ging um die MVP-Spiele und darum, wer ihm schaden wollte. Es gab genug anderes, worüber er sich den Kopf zerbrechen musste. Doch egal, ob sie im selben Klassenzimmer Unterricht hatten oder gemeinsam in der Kantine aßen, er war sich Kazukis Gegenwart stets sehr bewusst. Obwohl Kazuki sein bester Freund war, konnte er nicht anders, als ihn ständig aus dem Augenwinkel zu beobachten. Er schämte sich selbst dafür. Das war auch der Grund für seine Nervosität, wenn er wie jetzt mit ihm allein war. Doch sobald sie sich wie immer miteinander unterhielten, vergaß er seine Befangenheit.

»Das große Finale! Wahnsinn, dass wir es so weit geschafft haben!«

»Das verdanken wir nur dir, Kazuki. Allein hätte ich nie so hart darum gekämpft.«

Wenn er an die erste Runde, als sie zusammen die Hamster gefangen hatten, und an die Vorfälle in der zweiten Runde dachte, wusste er, dass er nicht übertrieb. Nur weil Kazuki bei ihm gewesen war, war er so weit gekommen. Er konnte ihm gar nicht genug danken und lächelte ihn anerkennend an.

Kazuki sah aus, als wolle er das Lächeln erwidern. Doch plötzlich änderte sich sein Gesichtsausdruck.

»Keita ... vertraust du mir?«

»Natürlich!« Keita war über diese unerwartete Frage verblüfft. Kazuki seufzte leise und lächelte gequält.

»Danke, aber ... Tut mir leid, dass ich dich so verunsichert habe ...«

»Du meinst die Sache mit Kuganuma?« Jetzt hatte er es also doch ausgesprochen. Kazuki nickte leicht, doch er erwiderte nichts. Endlich gab er es zu. Kazuki hatte sich also wirklich mit Kuganuma getroffen. Doch Keita bohrte nicht nach. Er hatte sich geschworen, Kazuki zu vertrauen. Es war Kazuki, der das merkwürdige Schweigen brach.

»Keita, du musst eines wissen: Egal was auch passiert, ich bin immer auf deiner Seite!« Kazuki sah ihm fest in die Augen. Wieder dieser Blick, wieder diese Worte, die wie eine Beschwörungsformel oder ein Gebet klangen. Ich bin auf deiner Seite ... Und wieder setzte Kazuki bei diesen Worten einen beinahe erschreckend ernsten Blick auf. Wie sollte man diesem Blick ausweichen? Die Intensität war für Keita kaum noch zu ertragen. »Ich würde dich niemals hintergehen«, fuhr Kazuki fort. »Alles, was ich will, ist, dich zu beschützen. Bitte vergiss das nie!«

»Aber Kazuki ... Jetzt übertreib mal nicht!«

Kazuki lachte laut auf und knuffte ihn scherzhaft. Doch sein Blick blieb ernst.

»Keita, versprich mir einfach, dass du mir vertraust, egal was auch passiert!«

Keita konnte nicht antworten und nickte nur. Es war ein zaghaftes, wortloses Nicken.

Was ist nur mit mir los?, fragte er sich. Warum fiel es ihm so schwer zu antworten? ›Mach dir keine Sorgen, ich vertraue dir‹, oder wenigstens ein ›Okay‹. Doch er war wie gelähmt. Einzig und allein die Frage, was er tun konnte, um Kazuki zu beruhigen, schwirrte in seinem Kopf herum und machte es ihm unmöglich, etwas zu sagen. Auf Kazukis Gesicht erschien trotzdem ein sanftes Lächeln. Keitas kaum merkliches Nicken hatte genügt, um einen Ausdruck der Erleichterung auf sein Antlitz zu zaubern.

»Morgen geben wir alles! Aber da es ja um Glück geht, bist du sowieso unschlagbar.«

»Sag das nicht. Ich zähle auf deine Unterstützung, Kazuki!«

»Danke, Keita. Also dann, schlaf gut. Bleib vor Aufregung bloß nicht die ganze Nacht wach!« Er warf ihm noch ein fröhliches Lächeln zu und machte sich dann auf den Weg in sein eigenes Zimmer.

»Ja, ja! Bin ja kein kleines Kind mehr!«, rief Keita seinem Freund scherzhaft nach, doch das Pochen in seiner Brust wurde dadurch nicht leiser.

Jetzt reiß dich mal zusammen, rügte er sich. Doch auch als Kazuki gegangen war, hielt das Herzklopfen an. Aufgewühlt setzte er sich wieder auf sein Bett. Diese Position, mit dem Rücken an die Wand gelehnt, war ihm die liebste, wann immer er allein war. Am Rand des Bettes war noch ein Abdruck von Kazuki zurückgeblieben. Als er die Stelle bemerkte, zuckte er zusammen und zog die Beine rasch an, die sie berührt hatten.

Drehe ich jetzt total durch? Was soll das denn? Warum geht er mir nur nicht mehr aus dem Kopf?, grübelte er.

War es, weil Kazuki von Anfang an so nett zu ihm gewesen war? Weil er mit ihm an den MVP-Spielen teilgenommen und ihn bei der zweiten Runde aus dem Heizungsraum befreit hatte? Oder weil er wieder und wieder gesagt hatte, dass er ihn beschützen wolle?

Aber mit Kazuki stimmt auch irgendetwas nicht, dachte er weiter. Welcher normale Kerl würde schon Sätze sagen wie: ›Was auch passiert, ich beschütze dich!‹? Beschützen …

Irgendetwas daran störte ihn. Sich von jemandem beschützen zu lassen sollte eigentlich nichts sein, was einem jungen Mann wie ihm gefiel, und doch hatte es ihn aus Kazukis Mund keineswegs verletzt. Er hatte sich keine Sekunde von ihm bevormundet gefühlt. Im Gegenteil – im Grunde fühlte er sich sogar geschmeichelt …

Hab ich sie eigentlich noch alle? Wie komme ich überhaupt darauf? Er seufzte tief und vergrub den Kopf zwischen seinen Knien. Gut, dass ihn jetzt niemand sehen konnte. Er wusste auch ohne Spiegel, dass sein Gesicht bis über beide Ohren rot geworden war.

Vielleicht bedeuten mir Kazukis Worte wegen damals so viel, sinnierte er weiter. Er versuchte mit aller Kraft, das Bild aus seiner Kindheit wieder heraufzubeschwören, das in ihm wach geworden war, als er Kazuki hier getroffen hatte. Sein großer Bruder, der ihm versprochen hatte, ihn zu beschützen …

»Ach, Mist! Ich sollte lieber schlafen! Sonst schlage ich mir noch die ganze Nacht um die Ohren …! Ich bin doch kein kleines Kind mehr!«

Als Kind war das alles nicht so kompliziert gewesen. Seufzend rollte Keita sich auf seinem Bett zusammen. Er war sich sicher, vor Aufregung nicht einschlafen zu können, doch der Tag, an dem sich für ihn alles entscheiden würde, war einfach zu wichtig, als dass er etwas riskieren durfte. Also zwang er sich zu schlafen. Er kniff die Augen fest zusammen und wälzte sich ruhelos in seinem Bett hin und her. Er zählte Schäfchen und sagte sich immer wieder, dass er unbedingt schlafen müsste. Doch die Gedanken an Kazuki ließen sich nicht vertreiben. Nach einiger Zeit döste er schließlich doch leicht ein. Als er seinen Körper der schleichend über ihn gekommenen Schläfrigkeit überließ, wusste er irgendwann selbst nicht mehr, ob er nun wach war oder schlief.

In seinem Traum war er wieder ein Kind und weinte voller Inbrunst. Er klammerte sich mit aller Kraft an seinen geliebten älteren Freund.

»Nicht! Ich will nicht, dass du gehst!« Er hielt ihn mit beiden Händen am Hemd fest und schüttelte den kleinen Kopf wieder und wieder voller Trotz. Der Freund streichelte seinen Rücken und versuchte mit sanfter Stimme auf ihn einzureden.

»Keita, wein doch nicht! Ich muss jetzt gehen.«

»Aber wohin denn?! Kommst du zurück?!«

»Tut mir leid … Ich muss weit weg, auf eine andere Schule. Wir werden uns nicht wiedersehen …«

»Nein!!« Sein Weinen verwandelte sich in ein schrilles Kreischen. Die rundlichen kleinen Hände waren an den Knöcheln weiß geworden, so fest hatte er sich an ihn geklammert. Er vergrub den Kopf an der Brust des Freundes, der sich zu ihm gekniet hatte, und weinte lauthals.

»Ich komme mit!! Ich gehe mit dir auf diese Schule!! Ich will bei dir bleiben …!!«

»Keita …« In der zärtlichen Stimme schwang Verzweiflung mit. Er streichelte ihm über den kleinen Kopf und nahm ihn fest in die Arme.

»Keita, hör auf zu weinen. Hab keine Angst, ich werde dich nie vergessen! Vertrau mir. Ich werde zurückkommen und dich beschützen! Vertrau mir …«

Vertrau mir …

Als er die Augen wieder öffnete, herrschte in seinem Zimmer absolute Dunkelheit. Er erhob sich und warf einen Blick auf den Wecker neben seinem Kissen. Drei Uhr morgens. Ihm schwirrte der Kopf.

Ich werde dich beschützen ... Vertrau mir ...

Er legte sich wieder hin und starrte in der Dunkelheit an die Decke.

Sein ›großer Bruder‹ hatte im Traum beinahe dieselben Worte benutzt wie Kazuki. Aber war es wirklich nur ein Traum gewesen? War es nur eine Illusion, dass Kazukis Worte so perfekt zu den Erinnerungen passten, die wieder wach geworden waren? Ein Hirngespinst? Oder hatte er tatsächlich genau dasselbe gesagt wie der große Bruder in seiner Erinnerung? Er konnte sich einfach nicht vorstellen, dass es nur ein Traum war. Dieser Traum, den er immer wieder hatte, fühlte sich so real an, dass er eine wirkliche Erinnerung sein musste. Doch warum sollte Kazuki dieselben Worte benutzt haben wie der große Bruder? Konnte das wirklich nur Zufall sein?

Oder wusste Kazuki etwa von dem großen Bruder? Ob er deshalb diese Sätze absichtlich immer wiederholte? Aber warum sollte er?

Keita fand, dass Kazuki und sein großer Bruder einander irgendwie ähnelten. Es musste an ihrer Ausstrahlung liegen. War er also möglicherweise mit ihm verwandt? Ein Bruder vielleicht? Vom Altersunterschied her war das durchaus möglich. Aber war diese Theorie nicht etwas zu konstruiert?

Soll ich Kazuki darauf ansprechen?, fragte sich Keita.

So würde er am schnellsten Klarheit gewinnen. Andererseits redete Kazuki nicht gern über sich selbst und würde ihm möglicherweise ausweichen. Doch das Ganze ließ ihm keine Ruhe, und wenn er ihn nicht fragte, würde er garantiert nicht weiterkommen.

Also gut, ich mach es, beschloss er. Gleich morgen ... oder besser, wenn die MVP-Spiele vorbei sind. Ich muss mich noch etwas gedulden. Im Moment geht es vor allem um den Wettkampf! Ich muss gewinnen und meinen Rauswurf rückgängig machen, damit ich hierbleiben kann. Danach kann ich ihn immer noch darauf ansprechen. Ich erzähle ihm einfach von meiner Vermutung und frage ihn, was er dazu zu sagen hat, entschied Keita.

Inmitten seiner Grübeleien schlief Keita wieder ein – diesmal tief und traumlos.

Am Morgen des großen MVP-Finales öffnete Keita die Augen, noch bevor sein Wecker klingelte. Er schlüpfte aus seinem Pyjama in die Schuluniform und fuhr sich rasch mit der Bürste durchs Haar.

»Okay, dann mal los!«

Bisher hatte es bei jeder Wettkampfrunde morgens eine Durchsage gegeben, doch heute blieb sie aus. Nach der zweiten Runde hatte der Teddybär ihnen persönlich mitgeteilt, dass sie sich für das Finale um 9.00 Uhr morgens in der Aula einfinden sollten. Da die beiden die einzigen Teilnehmer waren, hatten die anderen Schüler regulär Unterricht. Somit würden die Zuschauer ausbleiben, was die Sache erheblich erleichterte.

Zuerst machte Keita sich auf den Weg zu Kazukis

Zimmer. Da er etwas früher dran war als sonst, schlief Kazuki womöglich noch. Wenn er die Tür nicht abgeschlossen hatte, wollte er ihn aufwecken und dann gemeinsam mit ihm zum Frühstück und anschließend in die Aula gehen. Doch auch Kazuki war bereits wach. Sie rannten auf dem Korridor beinahe ineinander und erhoben gleichzeitig die Stimmen.

»Was denn, schon wach?«

Offenbar hatte Kazuki denselben Plan gehabt.

»Viel Glück heute, Kazuki.«

»Ich vertraue da ganz dir.«

Sie machten sich auf den Weg in die Kantine und setzten sich auf ihren Stammplatz. Jeder wusste, dass das große Finale heute bevorstand. Die vorbeigehenden Schüler warfen ihnen neugierige Blicke zu. Manche sprachen sie sogar an.

»Viel Glück!«

»Lasst euch bloß nicht unterkriegen!«

Die Unterstützung war groß.

Direkt nach der zweiten Runde, als die Niederlage noch frisch war, hatte es einige missmutige Kommentare gegeben. Doch nun schienen alle auf ihrer Seite zu stehen. Vielleicht lag es daran, dass sie alle selbstbewusst genug waren, um ihr eigenes Abschneiden nicht persönlich zu nehmen. An der BL-High waren eben überdurchschnittlich viel charakterstarke Persönlichkeiten vertreten.

Und das macht mir mal wieder klar, wie froh ich bin, hierhergekommen zu sein, dachte Keita. Ich wünsche mir sehr, dass ich hierbleiben kann.

»Keita ...« Kazuki lachte Keita freundlich an, der mit der Kaffeetasse in der Hand mitten in seiner Bewegung innehielt.

Alles wird gut. Wir gewinnen. Wenn das Finale vorbei ist, wird dein Rauswurf rückgängig gemacht. Dies teilte er Keita ohne Worte mit. Keita nickte nur leicht und trank seinen Kaffee aus. Er wollte sein Bestes geben.

»Also, gehen wir?«

Sie erhoben sich gleichzeitig. Die anderen Schüler waren bereits im Schulgebäude verschwunden. Da sie frühzeitig aufgebrochen waren, konnten sie sich auf dem Weg Zeit lassen. Die Nervosität ließ sie beide schweigen. Als sie den Schulhof durchquerten und die Aula in Sicht kam, wurden sie plötzlich angesprochen.

»Nanu, ihr beiden?«, rief Lehrer Kida ihnen vom Fenster des Biologiesaals aus zu. Offensichtlich hatte er eine Freistunde. Er hatte sich wohl gewundert, was zwei Schüler um diese Zeit noch auf dem Schulhof zu suchen hatten, doch dann erkannte er Keita und Kazuki.

»Ach, ihr ... auf dem Weg zum MVP-Finale?«

»Ja, genau.«

Ein Blick in Kidas Miene genügte, um zu erkennen, dass er von dieser Veranstaltung nicht viel hielt. Kazuki stieß Keita mit dem Ellbogen in die Seite, um ihn darauf aufmerksam zu machen. Doch Keita war von etwas anderem gefesselt: einem merkwürdigen Déjà-vu-Erlebnis! Er hatte keinen Unterricht bei Herrn Kida und auch bei keiner Gelegenheit mit ihm gesprochen, doch seine Stimme hatte er bereits irgendwo gehört. Diese tiefe, seltsam gepresste Stimme …

»Was ihr nur alle an dieser unnötigen Veranstaltung findet? Mag ja sein, dass der Rektor das anders sieht, aber ich meine, ihr habt eigentlich Wichtigeres zu tun.«

Kida zog den Kopf nach diesem Kommentar wieder zurück und schloss das Fenster.

»Was war das denn? Ausgerechnet kurz vorm Finale noch so eine dämliche Bemerkung …«

»Hm …«

»Nimm dir das nicht zu Herzen, Keita«, bemühte Kazuki sich, Keita aufzuheitern, doch der war mit seinen Gedanken ohnehin woanders.

Diese Stimme … Sie erinnert mich an den Kerl, der mich im Heizungsraum eingesperrt hat, grübelte er. Unnötige Veranstaltung? Ganz ähnlich hatte dieser Typ sich doch auch ausgedrückt.

»Was ist denn, Keita?« Kazukis Frage rief ihn in die Realität zurück.

»Ach, nichts.« Das war nicht der richtige Zeitpunkt, um seinen Verdacht zu äußern. Nur sein Gefühl, dass die Stimmen einander ähnelten, bewies außerdem noch lange nicht, dass Kida wirklich der Täter war. »Beeilen wir uns lieber! Jetzt geht's um alles oder nichts.«

»Du bist ja richtig kampflustig, Keita!« Die bemüht heitere Stimme, die er aufgesetzt hatte, um den störenden Gedanken abzuschütteln, brachte ihm ein Grinsen von Kazuki ein. Doch sein Lächeln verschwand sofort wieder und Kazuki hielt im Gehen inne.

»Kazuki?« Keita blieb ebenfalls stehen, um zu sehen, was sein Freund hatte. Als er sich zu ihm umwandte, hatte Kazuki wieder diesen ernsten Blick aufgesetzt.

»Keita ... Wenn wir das Finale überstanden haben, muss ich mit dir über etwas sprechen.«

Er musste mit ihm sprechen? Worüber? Etwa über das Thema, zu dem Keita ihn selbst auch befragen wollte?

»Okay. Es gibt da auch etwas, das ich mit dir besprechen will. Nach dem Finale also?«

»Ja, genau. Sobald wir gewonnen haben und deinen Rauswurf rückgängig gemacht haben.«

Keita freute sich, dass Kazuki so optimistisch war. Er war ihm bisher schon so oft eine Stütze gewesen – einen so fürsorglichen und zuverlässigen Freund wie ihn würde er womöglich nie wieder finden.

»Kazuki, ich bin wirklich froh, dass du an meiner Seite kämpfst.«

Seit die MVP-Spiele begonnen hatten, war eine Menge passiert. Der Drohbrief in der ersten Runde, die nächtliche Unterredung zwischen Kazuki und Kuganuma, seine Zweifel an Kazuki. Sein Misstrauen ihm gegenüber, weil er sich geweigert hatte, sich ihm zu erklären. Trotzdem war Kazuki stets für ihn da gewesen. Er hatte ihm immer wieder versprochen, ihn zu beschützen. Auch um sich bei Kazuki zu bedanken, wollte Keita das Finale auf jeden Fall gewinnen.

»Dann mal los! Keine Ahnung, was uns erwartet, aber ich gebe mein Bestes! Du wirst schon sehen, Kazuki!«

»Viel Glück, Keita!«

So menschenleer wirkte die Aula noch viel größer. Der Vorhang vor der Bühne war bereits nach oben gezogen und am Pult, auf dem das Mikrofon stand, erwartete sie der Teddybär.

»Guten Morgen! Willkommen zum großen MVP-Finale! Ihr beide habt toll gekämpft, um so weit zu kommen. Gut gemacht!«

Als Keita und Kazuki die Bühne erreicht hatten, begann der Teddy wie auf Knopfdruck zu sprechen.

»Dann wollen wir mal hurtig mit der letzten Runde beginnen. Dabei geht es einzig und allein um euer Glück. Hört gut zu, ich erkläre euch, worum es geht. Kommt bitte herauf!«

Sie folgten seiner Anweisung und betraten die Bühne. Dort standen zwei Stapel mit Karten bereit.

»Beim letzten Wettbewerb geht es um ein Kartenspiel. Die Regeln sind ganz einfach, also seid beruhigt.«

Die Regeln, die er ihnen im Anschluss erklärte, waren wirklich sehr einfach. Beide Seiten mussten eine Karte ziehen. Die höhere Zahl gewann. Das war alles.

»Wirklich simpel, nicht wahr?«

Es war sogar so simpel, dass ihnen fast die Lust verging.

»Denkt bloß nicht, das wäre keine Herausforderung!

Wenn ich euch verrate, wer euer Gegner ist, werdet ihr sicher erschrecken!«

Keita wurde tatsächlich mulmig zu Mute. Bisher war der Wettbewerb nur unter den Schülern ausgetragen worden, doch nun, da nur noch Keita und Kazuki übrig geblieben waren, stand niemand von ihnen mehr zur Verfügung. Ob nun ein Lehrer gegen sie antreten würde? Vielleicht war auch einer der Schüler ausgewählt worden, die bisher gar nicht teilgenommen hatten? Saionji und Shichijo zum Beispiel hatten sich von Anfang an nicht beteiligt ...

»Aufgepasst! Euer Finalgegner ...« Der Bär senkte die Stimme, um die Spannung noch zu erhöhen. Vor lauter Aufregung hielt Keita den Atem an und starrte den blauen Bären aufmerksam an. » ... bin ich selbst! Na, was sagt ihr?«

Keita wusste nicht, wie er darauf reagieren sollte. Die ganze Anspannung fiel mit einem Mal von ihm ab.

»Hey, nur damit ihr's wisst! Ich bin der Repräsentant des Rektors höchstpersönlich! Gegen mich anzutreten bedeutet, gegen den Rektor selbst anzutreten!«

Die Worte ließen neue Anspannung in Keita aufsteigen. Doch sobald er den Blick auf das niedliche Stofftier vor seinen Augen wandte, löste sich diese Nervosität sofort wieder auf.

»Na dann mal los! Ich fange an. Ich möchte eine Karte aus dem rechten Stapel. Die ... siebte Karte von oben! Zieht schon, zieht schon!«

Der Teddy konnte sich nicht selbst eine Karte nehmen, also zog Keita sie für ihn aus dem Stapel.

»Nein! Den rechten Stapel von mir aus, meine ich!« Der Bär war nun wütend, weil Keita sich im Stapel geirrt hatte.

Was für eine merkwürdige Erfahrung, sich den Zorn eines Teddybären zuzuziehen, dachte Keita, bevor er eine Piksieben aus dem Stapel holte.

Höher als sieben ... da stehen die Chancen 13 zu 6. Ich bin leicht im Nachteil, rechnete Keita sich aus. Er warf Kazuki einen nervösen Blick zu.

»Keine Angst, Keita! Ich glaube an dein Glück! Du wirst bestimmt nicht verlieren!«, sagte dieser mit Nachdruck, und Keita nickte zögernd.

Alles wird gut. Kazuki ist da. Er glaubt an meinen Sieg und er wird mich beschützen.

Er wandte sich wieder den Karten zu und fühlte Kazukis Blicke im Rücken. Auf wunderbare Weise verschwand die Unsicherheit und er zog ohne zu zögern eine Karte aus der Mitte des anderen Stapels. Entschlossen drehte er die Karte um.

»Der König ...«

»Keita! Hast du gewonnen?!«, rief Kazuki von hinten und spähte über seine Schulter auf die Karte.

»Oje, ich habe verloren?«, ertönte gleichzeitig die niedliche Stimme des Bären über den Lautsprecher.

»Herzlichen Glückwunsch, Keita Ito! Du hast das Finale gewonnen!«, röhrte es aus dem Lautsprecher durch die Aula. Die Geräusche prasselten auf ihn ein, doch Keita war noch immer wie versteinert.

Gewonnen … Ich habe gewonnen …

»Geschafft!! Keita! Du hast gewonnen!!«, jubelte Kazuki und schloss Keita in die Arme. Die freudige Stimme direkt an seinem Ohr, die Wärme an seiner Wange … Keita begann zu realisieren, was das für ihn bedeutete.

Ich habe gewonnen! Ich habe die MVP-Spiele gewonnen … Ich darf dem Rektor meine Bitte vortragen … Ich …

»Geschafft!! Geschafft, Kazuki! Ich muss also nicht gehen? Ich kann hier an der Schule bleiben?!«

»Na klar, Keita! Wenn das dein Wunsch ist, dann wird dein Ausschluss annulliert!«

Sie fielen sich abermals um den Hals und tanzten Arm in Arm über die Bühne. Der Ausschluss war also Geschichte. Er musste die Schule nicht verlassen und sich nicht von all den Freunden verabschieden, die er hier kennengelernt hatte. Und auch sein wichtigster Freund Kazuki würde ihm erhalten bleiben …!!

Der Bär erklärte ihm, der Rektor würde sich alsbald mit ihm wegen der Siegerprämie in Verbindung setzen. Keita und Kazuki verließen die Aula und stießen auf dem Schulhof zufällig auf Naruse.

»Glückwunsch! Keita, heißt das, du kannst bei uns bleiben?«

So sehr Keita sich auch über Naruses persönlich gemeinte Gratulation freute, die plötzliche Umarmung war ihm dennoch unangenehm.

»N...Naruse-san?! W...Woher wissen Sie ...?«

»Was denn? Die Durchsage war doch auf dem ganzen Campus zu hören!« Naruse schloss ihn abermals fest in die Arme und Keita blinzelte nur.

Auf dem ganzen Campus ...? Dann wissen also alle, dass ich gewonnen habe?, schoss es ihm durch den Kopf.

Als er aufsah, streckten Schüler ihre Köpfe aus allen Fenstern des Schulgebäudes. Sie alle strahlten und beglückwünschten ihn zu seinem Sieg. Energisch wurde ein weiteres Fenster aufgerissen und Niwa winkte ihnen zu.

»Super, Keita! Du bist die Nummer eins an unserer Schule!«

Sie alle freuten sich mit ihm über seinen Sieg. Sie freuten sich, dass er bei ihnen bleiben durfte.

Die Freude überwältigte Keita beinah und er strahlte über das ganze Gesicht. Doch Kazuki an seiner Seite zog als Einziger ein mürrisches Gesicht.

»Naruse-san! Jetzt lassen Sie Keita bitte wieder los ...!«

Nachdem die MVP-Spiele beendet waren, kehrten Keita und Kazuki zum Unterricht zurück, doch sie konnten sich nicht konzentrieren. Auch als Keita nach der Schule ins Wohnheim kam, hielt die Euphorie an. Er schwang sich auf sein Bett, wickelte sich in die Decke und rollte sich zusammen. Das Grinsen wich noch immer nicht aus seinem Gesicht.

Ich habe es tatsächlich geschafft ..., dachte er triumphierend. Als Kuganuma mir eröffnet hat, dass ich von der BL verwiesen werde, habe ich ernsthaft geglaubt, alles sei vorbei. Aber jetzt brauche ich mir keine Sorgen mehr zu machen. Ich muss nur noch den Direktor darum bitten, den Bescheid rückgängig zu machen. Das habe ich alles nur Kazuki zu verdanken!

Keita sprang vom Bett auf und machte sich auf den Weg zu Kazukis Zimmer. Die ganze Zeit schon hatte er dringend mit ihm sprechen wollen, doch es waren unentwegt Leute um sie herum gewesen, die sie beglückwünschten. Außerdem hatte er keine Ahnung, wann er zum Rektor gerufen würde, um seine Bitte an ihn zu stellen, doch er wollte unbedingt mit Kazuki gemeinsam zu diesem Gespräch gehen. Schließlich hatten sie beide gewonnen. Er eilte zügigen Schrittes aus dem Zimmer und klopfte schließlich an Kazukis Tür, um ihm dies mitzuteilen.

»Kazuki, ich bin's!«

Keine Antwort. War er etwa nicht da? Keita griff nach der Türklinke, doch sie ließ sich nicht öffnen.

»Hey, Kazuki! Wo steckst du denn?«

Ausgerechnet jetzt ist er wieder mal verschwunden ..., dachte Keita missmutig. Eine unliebsame Erinnerung wurde schlagartig wieder in ihm wach. Er dachte daran, wie er nach der ersten Runde des Wettkampfs auf der Suche nach Kazuki auf dem Schulhof gelandet war und ihn mit Kuganuma zusammen beobachtet hatte. Eine Erklärung von Kazuki diesbezüglich stand immer noch aus. Er hatte das Gefühl, möglicherweise jetzt Antwort zu bekommen, wenn er ihn danach fragte. Und es gab noch etwas, worauf er sich eine Antwort erhoffte: Die Sache mit seinem großen Bruder. Wusste Kazuki etwas über ihn? Keita hatte vorgehabt, ihn nach dem Finale darauf anzusprechen.

Mal sehen, ob ich ihn irgendwo finde, beschloss Keita. Auch wenn es noch zu früh war, vielleicht war er ja in die Kantine gegangen. Oder er besuchte einen seiner anderen Freunde. Womöglich stand er in diesem Moment gerade vor Keitas Zimmertür und wunderte sich, wo er steckte.

Keita beschloss, zunächst zu seinem eigenen Zimmer zurückzukehren. Vielleicht traf er Kazuki ja unterwegs. Doch um die Ecke des Korridors bog ein ganz anderes Pärchen …

»O-sama! Jo-o-s … Äh, Saionji-san!«, korrigierte er sich rasch. Niwa gefiel sein Titel, doch bei Saionji war das anders. Wenn man in seiner Gegenwart den Spitznamen ›Königin‹ erwähnte, musste man mit bösen Blicken rechnen.

»Was machen Sie denn hier? Und dann noch zusammen …«

»Das kommt ab und an vor.«

Neben Saionji, der ihn immer an eine edle Perserkatze erinnerte, grinste Niwa schelmisch.

»Wir zwei sind inzwischen richtig gute Freunde.«

»Wer?«

»Na, Kaoru-chan und ich!«

Saionji wandte das Gesicht rasch von dem überheblich grinsenden Niwa ab. Er war wirklich wie eine Katze, die gelangweilt mit dem Schwanz auf den Boden klopfte und sich von nichts beeindrucken ließ. Niwa hingegen war eher vom Typ freundlicher großer Hund, der dem Schwanz der Katze hinterherjagte und letzten Endes ihre Krallen zu spüren bekam.

»Glaub ihm bloß kein Wort, Keita. Unsere Kooperation ist rein geschäftlich.«

»Aha ...«

»Herzlichen Glückwunsch übrigens, Keita!«, lächelte ihn Saionji an, indem er einen Mundwinkel leicht anhob. Doch diese winzige Geste genügte, um seiner sonst so kühlen Ausstrahlung etwas Leuchtendes zu verpassen.

»Tss ... Zu Keita bist du immer so liebenswürdig, Kaoru-chan!« Auch wenn er dies als Beschwerde formulierte, grinste Niwa dabei. »Aber er hat Recht. Du hattest wirklich Glück! Jetzt brauchst du dir keine Sorgen mehr wegen deines Rauswurfs zu machen, oder? Hast du den Rektor schon getroffen?«

»Nein, noch nicht.«

»Was? Noch nicht?« Niwa wirkte erstaunt. Er hatte offensichtlich erwartet, dass Keita längst bei ihm gewesen wäre.

»Ich warte noch darauf, dass er sich bei mir meldet. Außerdem ... Ach ja, haben Sie Kazuki zufällig irgendwo gesehen?«

»Kazuki? Nein.«

»Ich auch nicht.«

Keita war enttäuscht. Wo mochte Kazuki nur stecken?

»Komm schon! Lass den Kopf nicht hängen! Es verdirbt dir doch wohl nicht die Siegerlaune, dass dein Kumpel gerade nicht in deiner Nähe ist?«

»Das nicht, aber …« Auch wenn er die Frage verneinte, in Wirklichkeit belastete ihn Kazukis Abwesenheit tatsächlich. Kazuki nicht um sich zu haben beeinträchtigte ihn mehr, als er selbst erwartet hatte.

Was mochten sie wohl von seinem Schweigen halten? Saionji warf Niwa einen kurzen Blick zu und lächelte Keita dann an.

»Keita, nimm es dir nicht zu Herzen, was dieser unsensible Klotz von sich gibt«, stichelte er mit zuckersüßer Miene und wandte sich dabei Niwa zu, dessen Mundwinkel sich nach unten verzogen.

»Kaoru-chan, du und dein bissiges Mundwerk!«

»Ich weiß schon, wer es verträgt«, legte Niwa noch einmal nach, beließ es dann aber dabei.

»Ich suche dann mal weiter. Ich möchte nämlich unbedingt mit Kazuki gemeinsam zum Verwaltungschef …«

»Ich finde es toll, dass du so ein Teamplayer bist.«

»Vielleicht ist er ja in deinem Zimmer? In letzter Zeit scheint er dort fast schon zu wohnen.«

»Das stimmt doch gar nicht …« Keita musste jedoch zugeben, dass Kazuki ziemlich oft bei ihm zu Besuch war.

»Also, ich muss dann weiter. Übrigens … Vielen Dank für Ihr offenes Ohr.«

Sein Schulverweis hatte auch Niwa und Saionji nicht kaltgelassen. Erst jetzt wurde ihm bewusst, dass er sich für ihre Unterstützung bisher noch gar nicht richtig bei ihnen bedankt hatte. Er wandte sich mitten auf dem Flur auf dem Absatz um und verbeugte sich tief vor den beiden. Während sie ihm noch nachsahen, wie er davontrabte, murmelte Niwa freudig: »Jetzt ist er also auch ein richtiger Bestandteil unserer Akademie.«

»Ja«, stimmte Saionji ihm ausnahmsweise zu. Während sein Blick auf Keita ruhte, nahm sein Gesicht einen ungewöhnlich liebevollen Ausdruck an.

Keita eilte zurück zu seinem Zimmer, doch Kazuki war nicht dort. Da er die Tür nicht abgeschlossen hatte, hätte es durchaus sein können, dass Kazuki drinnen auf ihn wartete.

Schade. Ob ich's mal in der Kantine versuchen soll?

Als Keita sich auf den Weg machen wollte, fiel sein Blick auf den geöffneten Laptop auf seinem Schreibtisch. Das Mailprogramm war gestartet und zeigte an, dass eine neue Mail eingegangen war.

»Eine Mail? Von wem denn …?«

Er öffnete den Posteingang und las den Absender …

»Vom Rektor der BL …?!« Sofort klickte er die Mail an. Nie im Leben hätte er damit gerechnet, so schnell vom Rektor zu hören, schon gar nicht auf diesem Wege.

›Lieber Keita, herzlichen Glückwunsch zum Sieg der MVP-Spiele.‹

Der Glückwunsch freute Keita. Eine Mail an einen ganz normalen Schüler wie ihn. Auch wenn er den Rektor nicht kannte, er war sicher ein sensibler Mensch.

›Ich möchte dich bitten, sofort in mein Büro zu kommen, wenn du diese Mail erhalten hast.‹

Sofort …? Hastig sah er auf die Empfangszeit der Mail. Vor dreißig Minuten … Gerade als er sein Zimmer verlassen hatte, um auf die Suche nach Kazuki zu gehen.

Ausgerechnet jetzt … Doch das Lamentieren half nichts, er durfte den Rektor nicht länger warten lassen. Also machte Keita sich notgedrungen allein zu dessen Büro auf.

Kazuki … Jetzt verstehe ich Shinomiyas Kommentar bei meiner Ankunft endlich! Einfach so von der Bildfläche zu verschwinden, gehört sich wirklich nicht!, empörte sich Keita und verließ mit angesäuerter Miene sein Zimmer.

Während er das Wohnheim verließ und den menschenleeren, dunklen Schulhof durchquerte, stiegen verschiedene Erinnerungen in ihm auf. Wie er während der MVP-Spiele mit Kazuki auf Hamstersuche umhergelaufen war, wie sie in der zweiten Runde Schleichwege und Abkürzungen genommen hatten. Auch wenn er dann entführt worden war – was keine besonders schöne Erinnerung war – hatte er doch mit der Hilfe seines Mitschülers den Sieg errungen.

Die ganze Zeit war Kazuki an seiner Seite gewesen. Er hatte mit ihm am Wettbewerb teilgenommen, war mit ihm durchs Schulgelände gelaufen und hatte ihm vieles erklärt. Und er war es gewesen, der ihn aus dem Heizungsraum gerettet hatte. Er war immer für ihn da gewesen … Kein Wunder, dass er ihm mittlerweile so viel bedeutete. Auch wenn Keita phasenweise an ihm gezweifelt hatte, hatte Kazukis Gegenwart ihn doch immer wieder aufgebaut, wenn er den Mut verloren hatte.

Deshalb hatte er sich schon darauf gefreut, gemeinsam mit ihm zum Rektor zu gehen. Wohin mochte er nur verschwunden sein …? Keita hoffte insgeheim, Kazuki auf dem Weg noch irgendwo zu begegnen. Gedankenversunken stapfte er voran und stand plötzlich vor seinem Ziel, ohne auch nur einer Menschenseele begegnet zu sein.

Die Silhouette des Verwaltungsgebäudes erhob sich schwarz in der Dunkelheit der Nacht. Er blickte nach oben und erkannte, dass ein einziges Fenster im obersten Stockwerk hell erleuchtet war. Das Büro des Rektors … Auch wenn das Fenster durch einen Vorhang verdeckt und außerdem zu weit entfernt war, um hineinsehen zu können, wusste Keita, dass der Rektor ihn dort erwartete. Als er mit Niwa hier gewesen war, war die Eingangstür verschlossen. Aufgeregt griff er nach der Türklinke und sie ließ sich zum Glück widerstandslos öffnen.

»Na, dann mal los …!«

Dort oben wartete der Rektor, der ihm als Gewinner der MVP-Spiele seine Bitte erfüllen würde. Er würde den Suspendierungsbescheid, den er vor drei Wochen erhalten hatte, für ungültig erklären.

Und dann darf ich hier an der Akademie bleiben, dachte Keita. Ich werde hierbleiben können … bei Kazuki …

Er wollte anschließend ins Wohnheim zurückkehren und Kazuki aufsuchen. Er würde ihm erzählen, dass er eine Mail erhalten hatte und daraufhin allein zum Rektor gegangen war, und dann wollte er sich bei ihm für seine Hilfe bei den MVP-

Spielen, für seine Unterstützung im Allgemeinen und für alles, was er bisher für ihn getan hatte, bedanken.

Dann werde ich ihn endlich fragen, nahm er sich vor. Die Frage ist nur, wie?

Du erinnerst dich doch, dass ich dir von dem Nachbarsjungen erzählt habe, der für mich wie ein großer Bruder war. Kann es sein, dass du ihn kennst?

In Gedanken versunken stieg Kazuki Stufe für Stufe nach oben. Schließlich war er im obersten Stockwerk angekommen und stand vor der dicken Holztür. Seine Schultern wurden vor Aufregung ganz steif. Er räusperte sich laut und hob die leicht zur Faust geballte Hand an, um an der Tür zu klopfen.

»Hier ist Keita Ito. Ich habe Ihre Mail bekommen …«

»Bitte«, antwortete eine ruhige, freundliche Stimme. Sie klang jünger als erwartet.

»Entschuldigung …« Die Türangel quietschte leise. Seine schweißnasse Hand schloss sich um den Türknauf und öffnete langsam die schwere Tür.

Er betrat den weichen Teppich im Büro des Rektors. Auf dem Eichenschreibtisch saß wieder der blaue Teddybär, den er bereits kannte. Der einzige Unterschied war, dass diesmal jemand in dem großen Sessel hinter dem Tisch saß.

»Schön, dass du da bist. Ich habe dich schon erwartet.« Der junge Mann hatte die Hände auf den Tisch gelegt und hieß Keita mit ernster Miene willkommen. Er sah ihm direkt ins Gesicht und erhob sich schließlich. Keita war verwirrt in der Mitte des Raums stehen geblieben.

Gemächlich spazierte sein Gegenüber zum Fenster. Keita bemerkte die feinen Schuhe aus glänzendem schwarzen Leder, die hervorragend zum eleganten hellgrauen Anzug passten.

Aber … warum … Das glaube ich einfach nicht! Während er sein Gegenüber verblüfft anstarrte, rang Keita nach Worten. Mit offenem Mund stand er da und hatte vollkommen vergessen, warum er überhaupt hergekommen war.

Wie kann das … Was macht er denn hier?!, rumorte es in seinem Kopf. Steht da im Anzug und streckt mir die Hand entgegen … Diese Hand, die ich so gut kenne! Diese zärtliche Hand, die er mir immer wieder reicht. Sie hat mich den ganzen Weg geführt … bis hierher …

»Was … Warum …«

»Herzlichen Glückwunsch zum MVP-Sieg, Keita!«

Diese Stimme … diese Augen …

»Kazuki …?« Keita merkte nicht, dass er den Namen laut gerufen hatte. »Kazuki?! Was …?! Wieso … Wieso bist du hier?! Was machst du im Büro des Rektors und wie siehst du überhaupt aus?!«

Es war Kazuki, doch er trug nicht den roten Blazer der BL-High, sondern einen Businessanzug. Er hieß ihn vom Sessel des Rektors aus in dessen Büro willkommen.

»Was soll das alles, Kazuki?! Was machst denn du hier?!«, wiederholte Keita fassungslos. Diese Situation lag jenseits seiner Vorstellungskraft. Mit leicht gequältem Lächeln beobachtete Kazuki ihn schweigend. Keita starrte ihn mit weit

aufgerissenen Augen an, nachdem seine Versteinerung sich gelöst hatte.

»Beruhige dich, Keita. Tut mir leid, dass ich dich so erschreckt habe. In Wahrheit ... bin ich der Rektor der Bell Liberty High.«

Obwohl er Kazukis Worte verstanden hatte, dauerte es eine Weile, bis sie in Keitas Bewusstsein drangen. Kazuki der Rektor? Dieser Schule? Das glaube ich einfach nicht ...!, schoss es ihm durch den Kopf. »Moment mal! Was soll das heißen?!«

Kazuki griff nach Keitas Hand, die sich jetzt in Reichweite befand. »Ich erkläre dir alles, Keita. Aber bitte sei jetzt kurz mal still ...« Mit zärtlichen Blicken brachte er sein Gesicht so nahe, dass Keita seinen Atem spürte. »Keita, hör zu. Mein Großvater war der Gründer des Bell-Pharmaunternehmens, aus dem sich später die Suzubishi-Group entwickelt hat. Er war auch der erste Rektor der Bell Liberty High.« Seine ruhige Stimme sickerte in Keitas Herz und er lockerte endlich wieder die Schultern.

»Mein richtiger Name ist Kazuki Suzubishi. Endo ist der Mädchenname meiner Mutter.«

»Dann hast du mich also angelogen?«

»Ähm ... Ja, das habe ich wohl.« Beschämt senkte Kazuki den Blick und kratzte sich an der Wange, wie er es immer tat, wenn er nicht weiterwusste. Diese vertraute Geste besänftigte Keita so weit, dass er ihm in Ruhe zuhören konnte, auch wenn er die Überraschung noch keineswegs verdaut hatte.

Erleichtert fuhr Kazuki mit seiner Erklärung fort. Es

war Kazuki gewesen, der Keita an die Akademie geholt hatte. Kuganuma und seine Verbündeten, die von Anfang an gegen Kazukis Einsetzung zum Rektor gewesen waren, hatten in seiner Abwesenheit eine Verwaltungsratssitzung einberufen und Keitas Ausschluss beschlossen.

»Das heißt ... ich bin also wirklich nicht für die Akademie geeignet?«

»Blödsinn!« Kazuki bemühte sich, den enttäuschten Keita aufzumuntern.

»Das haben sie nur behauptet, weil sie von Anfang an gegen mich waren. Es hat ihnen einfach nicht gepasst, dass ich dich hierher geholt habe, ohne den Verwaltungsrat um Zustimmung zu bitten. Keita, du gehörst hierher!«

Hatte er Recht? Es fiel Keita schwer, ihm zu glauben, schließlich hielt er sich selbst für einen ganz durchschnittlichen Kerl. Umso mehr freute ihn der Einsatz, den Kazuki für ihn zeigte.

»Ich bin fast ausgeflippt, als ich nach meiner Rückkehr hörte, dass sie dich suspendieren wollen. Deshalb habe ich dir geraten, dich in einer Mail an den Rektor zu wenden. Schließlich konnte ich ja ohne Auftrag von Schülerseite nicht einfach aktiv werden.«

»Das heißt ...«

Am Tag, als die MVP-Spiele angekündigt wurden, hatte Kazuki davon gesprochen, dass das meine Chance sei. Und dass meine Mail der Anlass dazu war, rekapitulierte Keita.

»Ja. Nachdem ich deine Mail erhalten hatte, habe ich eine

Sondersitzung des Verwaltungsrats einberufen. Ich konnte ja nicht zulassen, dass sie jemanden in meiner Abwesenheit über meinen Kopf hinweg einfach so rauswerfen.«

Kazuki hatte die Durchführung der MVP-Spiele beschlossen, um Kuganuma zu beweisen, dass Keita eben kein untalentierter Schüler war. Er wollte ihm beweisen, dass er auch im direkten Vergleich mit den anderen Schülern der Akademie mithalten konnte.

Was für einen Wirbel er seinetwegen veranstaltet hatte! Keita hätte sich nicht träumen lassen, dass so etwas hinter dem ganzen Trubel steckte.

»Aber, Kazuki, war denn niemand dagegen?«

»Doch, natürlich. Aber ich habe sie zum Schweigen gebracht, indem ich den Stuhl des Rektors als Einsatz angeboten habe.«

»Du hast was ...?! Heißt das, wenn ich verloren hätte, dann hättest du deinen Posten aufgeben müssen?!«

»Ja.«

Keita konnte es nicht fassen, der Einsatz schien ihm einfach zu hoch. Er schämte sich nun beinah dafür, dass er die Chance, die er bekommen hatte, so unbekümmert angenommen hatte, ohne weiter über die näheren Umstände nachzudenken.

»Du spinnst doch! Wenn ich verloren hätte ... was hättest du denn dann gemacht?!« So froh er über seinen Sieg auch war, wenn er sich vorstellte, dass Kazuki seinetwegen beinahe hätte gehen müssen ...

»Aber Keita, ich habe fest daran geglaubt, dass du gewinnst.«

»Trotzdem ...«

»Und du hast ja auch gewonnen!«

»Aber das war doch reine Glückssache!« Die Wahrscheinlichkeit, dass er sich gegen alle Mitschüler durchsetzen konnte, hatte nach Keitas Empfinden bei null gelegen. Trotzdem hatte Kazuki auf ihn gesetzt ... Als er Kazuki ansah, über dessen Gesicht ein leises Lächeln huschte, stiegen ihm plötzlich die Tränen in die Augen.

»Kazuki, ich ...«

»Jetzt schau doch nicht so! Ist ja nicht so, als hätte ich grundlos an dich geglaubt.« Er legte die Hand auf Keitas Schulter und streichelte sie zärtlich, um ihn zu besänftigen. »Außerdem weiß ich ja, dass du schon immer ein Glückspilz warst.«

Schon immer? Hieß das, er kannte ihn von früher?

»Kazuki? Heißt das ...«

»Ich bin wirklich froh, dass ich mein Versprechen von damals doch noch halten konnte.«

Versprechen ...? Was meint er damit? Wann hat er mir je ein Versprechen ... Die Gedanken in Keitas Kopf spielten verrückt. »Du meinst ...«

»Ich habe es nie vergessen. Ich habe dir doch bei unserem Abschied versprochen, dass wir eines Tages zusammen zur Schule gehen werden.«

»Zusammen ... zur Schule? Kazuki ...«

Ein Kind weinte. Der kleine Junge war völlig aufgelöst. Er wollte sich nicht von seinem geliebten Freund trennen. Er hatte geglaubt, sie könnten für immer zusammenbleiben, doch jetzt erfuhr er plötzlich, dass sie sich verabschieden mussten. Dabei hatte er ihn doch so geliebt. Dabei wollte er doch immer bei ihm bleiben. Aber sein großer Bruder hatte ihm gesagt, dass er weggehen müsse, und war einfach von Keitas Seite verschwunden.

»Vergiss mich nicht. Was auch passiert, ich werde dich beschützen.«

Das hatte er gesagt, aber der kleine Keita verstand das alles nicht und klammerte sich verzweifelt an ihn, wollte ihn nicht gehen lassen.

»Nein! Nein, ich will das nicht! Ich komme mit!!«

»Aber Keita, ich muss an eine andere Schule … weit weg! Deshalb …«

»Nein, nein, nein!! Wenn du an diese Schule gehst, dann komme ich mit! Ich gehe mit dir zur Schule!«

Was hatte er darauf gesagt? Er hatte sich nicht über seine Aufdringlichkeit geärgert, sondern ihn sanft in die Arme genommen, seinen Kopf gestreichelt und ihm ein Versprechen gegeben. Diese liebevolle Stimme …

»In Ordnung, Keita. Ich verspreche es. Jetzt ist es noch unmöglich, aber eines Tages werden wir zusammen zur Schule gehen.«

»Das … glaube ich einfach nicht!« Verblüfft starrte Keita in Kazukis Gesicht. Sein geliebter großer Bruder, der immer mit ihm gespielt hatte. Das war … Kazuki?

»Ich habe die ganze Zeit gewartet. Auf dich und darauf, dass ich mein Versprechen einlösen kann. Auf unsere gemeinsame Schulzeit. Jetzt ist es endlich so weit.«

Kazukis Lächeln bei diesen Worten holte die vergrabenen Erinnerungen endlich wieder vollständig an die Oberfläche.

»Kazuki, dann bist du also wirklich … mein großer Bruder … Kazu …? Ich … « Keita konnte es nicht fassen.

»Nach unserem Abschied bin ich in die USA gegangen. Um eines Tages die Nachfolge der Suzubishi-Group zu übernehmen, habe ich dort Betriebswirtschaft studiert. Aber vor drei Jahren ist mein Großvater gestorben und ich bin nach Japan zurückgekehrt.«

Kazuki erzählte in ruhigem Tonfall, was in den vergangenen Jahren geschehen war, doch seine Worte erreichten Keita kaum. Nur sein Lächeln und seine sanften Augen, die ihn fixierten, nahm er noch wahr.

»Als ich den Posten des Rektors dieser Schule übernommen habe, war der Tag endlich gekommen.« Freudig strahlend streckte Kazuki erneut die Hand nach Keita aus.

»Willkommen an meiner Schule, Keita.«

An seiner Schule … Er konnte es einfach nicht glauben. Diese Offenbarung war einfach zu überwältigend, um sie zu begreifen.

Das Versprechen zwischen ihm und mir … das war doch

nur Kinderkram, dachte er. Er hat das nur gesagt, um mir den Abschied zu erleichtern. Ich habe irgendwann gar nicht mehr daran gedacht. Aber … Endlich fand er die Sprache wieder. Auch wenn seine Stimme dabei zitterte.

»Aber, Kazuki, warum hast du mir denn nichts davon gesagt? Warum hast du mich nicht gleich bei unserem Wiedersehen eingeweiht?«

»Tut mir leid, aber ich hatte beschlossen abzuwarten. Ich wollte nichts sagen, bis du es selbst merkst.«

»Aber warum …?« Keita ließ nicht locker.

Kazuki lächelte gequält.

»Du warst noch klein damals. Ich dachte, du hättest mich vielleicht vergessen …«

Er hatte Recht. Bis zu seiner Ankunft hier hatte er diese fernen Kindheitserinnerungen tatsächlich vollkommen beiseite geschoben.

»Aber ich habe an dich geglaubt, Keita. Ich wusste, dass du dich erinnern würdest. Oder zumindest, dass du dich für mich entscheiden würdest.«

Kazukis Worte klangen wie eine Beschwörungsformel. Doch sein Lächeln wirkte traurig.

»Weißt du, ich hatte riesige Angst davor, dass du mich möglicherweise vergessen hast. Und davor, dass all das dir schon lange nichts mehr bedeutet.« Bei diesem Geständnis wirkte Kazuki plötzlich unheimlich schwach. Jetzt erst wurde Keita klar, wie viel die gemeinsame Erinnerung Kazuki bedeutete.

»Kazuki, ich ...« Keita war den Tränen nahe.

Kazuki, du Dummkopf!, dachte er. Was liegt dir nur an mir? Ich verstehe das einfach nicht. Ich bin doch einfach nur ein ganz normaler Junge.

»Aber warum ...«

Kazuki betrachtete ihn aus der Nähe. »Keita, du warst immer etwas Besonderes für mich ...«

Seine Hände, die die ganze Zeit auf Keitas Schultern gelegen hatten, umschlossen nun seinen Rücken in einer Umarmung. Kazuki sah ihm tief in die Augen. Keita erwiderte seinen Blick zwar, doch sein Herz begann fürchterlich zu klopfen und er konnte kaum atmen. Vor Nervosität zitterten seine Beine.

»Ich bin so froh, dass du hierhergekommen bist. Keita, ich habe mich die ganze Zeit nach dir gesehnt ...«

»Aber ich verstehe es immer noch nicht! Warum hast du mich extra hierhergeholt ...?«

Keita freute sich aufrichtig, dass Kazuki sein Versprechen all die Jahre über nicht vergessen hatte. Aber dass Kazuki, den er für einen ganz normalen Schüler gehalten hatte, plötzlich der Rektor sein sollte, war nun doch etwas viel.

»Du hättest mir das wirklich früher sagen müssen. Dann hätten wir uns gar nicht erst so gestritten! Ich war ganz schön sauer auf dich und habe sogar daran gezweifelt, ob ich dir überhaupt vertrauen kann ...«

»Ja, ich weiß. Ich habe deine Wut auch gut verstanden«, erwiderte Kazuki sanft, doch Keita bereute sein Verhalten nun sehr. Wenn er die Wahrheit gekannt hätte, hätte er niemals an Kazuki gezweifelt!

»Aber wenn du es mir gesagt hättest …«

In den Armen, die ihn umschlossen, regte sich plötzlich Kraft. Kazuki drückte ihn fest an sich und Keita ließ es geschehen. Ihre Körper klebten förmlich aneinander, sein Herz schlug noch schneller.

»Kazuki? Was …«

»Ich konnte es dir nicht sagen. Ich hatte mich einfach so sehr darauf gefreut, dass du mich erkennen würdest. Außerdem …«

Ihre Nasenspitzen berührten einander nun beinahe. Kazukis Atem streifte Keitas Haut und er stöhnte leise auf, doch das Geräusch wurde von Kazukis Lippen erstickt.

Kazukis weiche Lippen legten sich auf seinen Mund und Keita schloss unwillkürlich die Augen. Alle Kraft wich aus seinem Körper und er ließ sich in Kazukis Arme sinken.

Schüchtern hob er die Arme, legte sie um Kazukis Rücken und erwiderte den Kuss. Er war zu keinem klaren Gedanken fähig. In seinem Kopf herrschte vollkommene Leere, seine Brust schmerzte, und doch wünschte er sich, dass dieser Augenblick nie vorüberginge. Ihre Lippen lösten sich langsam voneinander. Als Keita widerstrebend die Augen öffnete, sah er direkt in Kazukis Augen.

»Ich wollte nichts mehr, als dich zu beschützen. Doch in Wirklichkeit … habe ich dich die ganze Zeit geliebt, Keita.«

»K…Kazuki, ich …« Seine Stimme zitterte. Er spürte, wie seine Wangen sich röteten. Sein Herz surrte wie ein Kreisel und er rang nach Luft. Ihm wurde schwindlig, und hätten Kazukis Arme ihn nicht gehalten, wäre er wohl in sich zusammengesunken. Er schämte sich für seinen Zustand, und obwohl er zu keinem klaren Gedanken mehr fähig war, versuchte er doch etwas zu sagen.

»Das ist gemein! Was glaubst du denn, wie das für mich ist? Du sagst mir all diese Dinge und dass du mich liebst …« Mann, warum ist mir nur so heiß? Bestimmt bin ich knallrot, schoss es Keita durch den Kopf. Kazuki, dieser Mistkerl … Warum strahlt er denn jetzt so? Beobachtet mich mit seinen glühenden Augen und grinst übers ganze Gesicht …

»Ich bin also gemein?«

»Ja! Wie soll ich mich denn so noch über dich ärgern?«

»Ärgert es dich denn, dass ich dich liebe?«

Dieser Blödmann … Er weiß es! Er weiß, was ich wirklich sagen will. Was ich wirklich empfinde … Aber …

»Nein, es ärgert mich nicht. Es ist nur … ich …«

Kazuki sagte nichts mehr. Er sah Keita einfach nur an und hörte ihm neugierig zu. Er beobachtete jede seiner Regungen und wartete auf seine Reaktion. Keita wollte ihm so vieles sagen, doch er wusste nicht wie.

Ich muss ihn ja auch die ganze Zeit unterbewusst in meinem Herzen getragen haben … und habe selbst gar nicht gemerkt, wie sich meine Gefühle für ihn entwickelt haben. Dass es mir jetzt auf diese Art und Weise vor Augen geführt wird … Was für ein Desaster!, dachte er noch immer vollkommen durcheinander. Er ließ den Kopf hängen, um Kazukis Blick zu entkommen, und murmelte: »Verdammt, wenn du so hartnäckig bist, bist du unwiderstehlich …«

»Unwiderstehlich?«

»Ja …«

Blödmann!, wollte er am liebsten laut schreien, doch ein zweiter Kuss hielt ihn davon ab, und sie drückten sich fest aneinander und küssten sich innig. Keita vergaß sogar das Atmen, als Kazuki seine Lippen kräftig und doch ganz zärtlich einsog. Kazukis Zunge schob sich in seinen leicht geöffneten Mund und tastete sich langsam weiter vor.

»Mhh … mh!« Ihm wurde schwindlig und er hatte das Gefühl, dahinzuschmelzen. Auch wenn er noch nie zuvor auf diese Weise geküsst worden war, animierte ihn die weiche Zunge dazu, mitzumachen. Ihre Zungenspitzen berührten sich und ehe er sich dessen bewusst wurde, waren sie bereits in heftiges Gerangel vertieft.

»Kazuki … Mh …! Kazuki …«, rief Keita jedes Mal aus, wenn sich ihre Lippen kurz voneinander lösten, um im nächsten Moment wieder aufeinanderzutreffen.

Nein … Es geht nicht … Wenn das so weitergeht, verliere ich die Kontrolle und werde einfach mitgerissen …, dachte Keita, der jetzt für einen Moment seine Vernunft einschaltete.

»Warte … Kazuki! Warte, ich …« Abrupt drückte er ihn von sich weg, wandte das Gesicht ab und entwischte seinem Kuss. Kazuki, der sich um ein Haar selbst vergessen hätte, betrachtete Keita mit traurigem Blick. »Dann magst du also nicht …?«

Keita rang mit aller Kraft danach, sich zu beherrschen, obwohl er im Grunde schon nicht mehr in der Lage dazu war. Es tat ihm leid, Kazuki in seiner Leidenschaft zu bremsen, doch da gab es etwas, das er jetzt klarstellen musste.

»Nein, das nicht … Es ist nur … Lass mich doch auch mal zu Wort kommen!« Er musste seine Gefühle offenlegen. Seine Gedanken. Es widerstrebte ihm zutiefst, dass immer nur Kazuki redete und er ihn nicht zu Wort kommen ließ. Er wollte es endlich auch aussprechen. Wenn er sich jetzt einfach mitreißen ließ, ohne Kazuki die eigenen Gefühle zu gestehen, würde er es später sicher bereuen.

»Kazuki, ich … ich liebe dich auch. Egal ob als Kazuki oder als großer Bruder … sogar als Rektor dieser Schule. Ich liebe dich! Du warst immer bei mir, hast mir geholfen und auf mich aufgepasst …«

»Keita …« Er wurde abermals kräftig in die Arme geschlossen. Kazuki drückte ihn fest an sich, um ihm auch die Ernsthaftigkeit seiner Gefühle deutlich zu machen. Keita vergrub sein Gesicht in Kazukis Nacken und atmete tief ein. Kazukis Geruch drang in jeden Winkel seines Körpers. Auch Kazuki drückte seinen Kopf an Keitas Nacken. Tief sog er die Luft ein und presste seine Lippen auf Keitas Haut. Keita wand sich, als würden Kazukis Berührungen ihn zu sehr kitzeln, doch Kazuki seufzte nur kurz auf und leckte mit der Zunge über seine nackte Haut.

»Ah … Mh …!« Von der Stelle, die Kazuki so liebkost hatte, breitete sich ein Schaudern über seinen ganzen Körper aus. Er vergrub seine Nägel in Kazukis Rücken, den er fest umklammert hatte, und Kazuki knabberte noch kräftiger an seinem Hals.

Dann löste Kazuki seine Umarmung und machte sich an Keitas Krawatte zu schaffen. Ein wenig unbeholfen versuchte er sie zu öffnen. Während er daran herumnestelte, führte auch Keita die Hand an die Knöpfe von Kazukis Jackett. Er öffnete sie und begann noch ungeschickter als Kazuki, dessen Krawattenknoten zu lösen. Endlich fielen die beiden Krawatten gemeinsam zu Boden.

»Kazuki … du bist ja ganz schön wild!«

»Das musst du gerade sagen!«

Ihre Blicke trafen sich und sie mussten beide lachen. Ihr Glucksen vereinte sich und sie küssten einander erneut. Das Lachen schien ihre Anspannung endlich gelöst zu haben. Sanft legten sich ihre Lippen aufeinander, ihre Zungenspitzen trafen sich immer wieder voll innigem Verlangen. Wieder und wieder küssten sie einander auf diese Weise und bedachten zwischendurch auch die Wangen, die Ohrläppchen und den Hals des anderen mit zärtlichen Küssen. Als sie die Arme umeinanderschlangen und Kazuki an Keitas Ohrläppchen zu knabbern begann, drückten sich Kazukis Hemdknöpfe an Keitas Brustwarzen.

»Aaah …«, stöhnte er unwillkürlich auf und wurde noch verlegener. Unwillkürlich verbarg er das Gesicht, doch

Kazuki zwang ihn dazu, seinem Blick standzuhalten. Es war, als würde sämtliche Kraft aus seinem Körper weichen. Er konnte sich kaum noch auf den Beinen halten. Er wollte sich gerade auf dem flauschigen Teppich niederlassen, da griff Kazuki mit beiden Händen nach ihm.

»Keita! Hier …« Seine sanften Hände dirigierten ihn an den Schreibtisch. Die dicke Tischplatte aus Holz war mehr als geräumig. Doch als Keita Anstalten machte, sich daraufzulegen, wurde er von Kazuki gestoppt.

»Was …?«

»Warte kurz.« Kazuki zog die Jacke aus und breitete sie über den Tisch.

»Aber …«

»Immer noch besser als nichts, oder?« Offenbar hatte er sich Sorgen wegen der harten Tischplatte gemacht. Einerseits freute sich Keita über diese fürsorgliche Geste, doch gleichzeitig störte ihn die Routine, die darin mitschwang. Er wurde sanft auf die Tischplatte gedrückt und sah Kazuki direkt in die Augen. Während er das Gesicht desjenigen betrachtete, den er so sehr liebte und der ihn nun so schonungslos bedrängte, wurde ihm bewusst, dass auch er ihn begehrte …

Vorsichtig wurde Knopf um Knopf seines Hemdes geöffnet. Obwohl sie nicht mehr getan hatten, als sich wieder und wieder zu küssen, waren die kleinen Brustwarzen auf seiner von der Sonne gebräunten Haut steif geworden. Keita verbarg beschämt das Gesicht.

»Jetzt sei nicht so schüchtern, Keita! Sonst steckst du mich auch noch an.«

»Tut mir leid, aber was soll ich denn machen?« Es ärgerte Keita, dass Kazuki dies alles so leicht nahm, während er selbst vor Scham kaum wusste, wohin. Er sollte ruhig auch etwas nervös werden. Energisch streckte er die Arme aus, griff hinter seinen Kopf und zog ihn kräftig heran. Während er die Finger in Kazukis weichem Haar vergrub, umschloss er seinen Kopf mit den Armen und legte sein Gesicht an sein Ohr. Plötzlich überkam ihn eine spontane Heiterkeit und er begann leise zu lachen.

»Uaaah?!« Ein plötzlicher Biss oberhalb des Schlüsselbeins ließ ihn laut aufschreien. Er zuckte zusammen und löste die Umarmung reflexartig. Auf seiner Brust zeichnete sich Kazukis Zahnabdruck ab. Dieser sah ihn so schelmisch an, dass es ihm beinahe den Atem verschlug. Rasch öffnete Kazuki die Knöpfe seines eigenen Hemdes und zog es aus. Seine nackte Brust ... Die weiße Haut, die weniger sonnengebräunt war als Keitas, strahlte in einem leichten Pfirsichton. Die kleinen, hervorstehenden rosafarbenen Brustwarzen ließen Keita den Atem stocken.

»Kazuki ... ähm ...«

»Halte einen Moment still!«

Kazuki näherte sich ihm erneut. Die langen Finger umschlossen Keitas Schultern und drückten ihn sanft auf den Schreibtisch. Als Keita nervös Kazukis Aufforderung folgte und sich nicht mehr rührte, hob sich Kazukis Hand langsam.

Mit seinen Fingerspitzen zeichnete er Keitas Halsmuskeln nach und legte beide Hände auf seine Wangen.

»Ich liebe dich, Keita. Ganz wahnsinnig …« Er sah ihm fest in die Augen und drückte seine Lippen schließlich zärtlich auf seinen Mund. Die weiche Zunge glitt über seine Zähne.

»Mh … mh …« Überall, wo Kazukis Zunge ihn berührte, breitete sich ein prickelndes Gefühl aus. Als seiner Kehle unwillkürlich ein Laut entfuhr, drang Kazukis Zunge noch tiefer in seinen Mund vor. Er wurde von dieser Zunge förmlich aufgesaugt. Überwältigt schlug er die Fingernägel in die Tischplatte. Nun begann Kazuki, seinen Körper mit den Händen zu erforschen. Er ließ seine Rechte von Keitas Wange bis zum Hals gleiten. Nachdem er das Schlüsselbein mit den Fingerspitzen nachgefahren hatte, schob er die Hand sachte weiter hinunter zu seiner Brust.

»Aah …« Das allein genügte, um Keita in heftige Zuckungen zu versetzen. Kazuki legte die Wange an seine nackte Brust und küsste die warme, weiche Haut.

»Kazuki … Aah …«

Kazuki drückte die leicht geöffneten Lippen auf Keitas Brustwarzen und ein noch intensiveres Lustgefühl durchströmte Keitas gesamten Körper.

»Keita … Ist es hier gut?« Kazukis Stimme klang erhitzt.

»Hm …«, nickte er leicht, und ein zufriedenes Lächeln legte sich auf Kazukis Gesicht.

»Ah … Mh … mh …«

Mit forscher Zunge leckte Kazuki über seinen Halsansatz.

Keita wand sich reflexartig und reckte das Kinn in die Luft, dabei klammerte er sich an Kazukis Schultern. Im nächsten Moment stieß er ihn unwillkürlich weg, doch Kazuki war schneller und schloss ihn wieder in seine Arme. Das teure Jackett, das auf dem Schreibtisch ausgebreitet war, wurde unter Keitas lustvollem Winden völlig zerknautscht. Niemals hätte er sich vorstellen können, wie wundervoll sich allein eine simple Umarmung anfühlen konnte. Die Wärme der Arme um seinen Rücken, die weiche Zunge … Allein beim Anblick der schimmernden Haare, die an seiner Brust bebten, durchzuckte ihn das höchste Glücksgefühl.

»Kazuki … Ah … Kazuki!« Während er sich wie unter Stromstößen wand, bohrte er seine Fingernägel in Kazukis Schultern und seinen Rücken. Sein ganzer Körper bebte und er klammerte sich an ihn. Schließlich griff Kazuki durch die Hose hindurch in seinen Schritt.

»Ng … Ah … Aah!« Die Heftigkeit der Berührung war beinahe zu intensiv. Keita stöhnte unwillkürlich laut auf, und Kazuki löste sich von ihm und machte sich an seinem Gürtel zu schaffen. Die Schnalle klapperte laut. Keita blickte geistesabwesend zur hohen Decke hinauf. Die aufsteigenden Tränen ließen das Blickfeld vor seinen Augen verschwimmen. Hose und Unterhose wurden über seine Beine nach unten gezogen. Dann bedeckte Kazuki Keitas nackten Körper mit seinem eigenen Leib. Auch er hatte seine Kleider in der Zwischenzeit abgestreift. Allein die Umarmung, in der ihre nackte Haut großflächig aneinanderrieb, ließ Keita erschaudern.

»Kazuki ... Ah ... Aaaah!« Der gerötete Ansatz seiner Brust wurde mit Küssen bedeckt und Kazukis Lippen wanderten über seinen Bauch weiter nach unten. Die heiße Zunge und die feuchte Spur, die sie auf seiner Haut hinterließ und die an der Luft kühl wurde, ließen Keita erbeben. Kazukis Hand wanderte an die Innenseite seiner Oberschenkel und drückte sie nach oben. Dann versenkte er sein Gesicht in seinem geöffneten Schoß.

»Ah! Spinnst du?! Was machst du da?!« Die Scham trieb ihm die Hitze ins Gesicht, er glühte bis zu den Ohren. Und doch heizte das Wissen, dass sein aufgerichteter Penis aus nächster Nähe betrachtet wurde, seine Erregung weiter an. Kaum merklich nickend schloss Kazuki sanft die Augen. Doch seine Lippen näherten sich ganz langsam und versetzten Keita noch mehr in Panik.

»N...Nicht! Kazuki, tu das nicht!! Hör auf ...!«

Die Lippen legten sich sanft auf seine Eichel. Keita versuchte mit aller Kraft, sich zu entziehen. Er wäre vor Scham schon fast gestorben, als Kazuki nur den Blick darauf gewandt hatte, aber was er nun tat, brachte ihn an den Rand der Verzweiflung. Doch sein sich windender Körper wurde festgehalten und die Spitze seines Penis verschwand in Kazukis Mund. Keita wollte seine Hände in Kazukis Haar vergraben und seinen Kopf zurückziehen, doch das Gefühl der weichen, unerbittlichen Zunge ließ ihn in seiner Bewegung erstarren.

»Ah! Mhh ... mh ...« Die Intensität der Empfindung

trieb ihm die Tränen in die Augen. Er hob die Hüfte und bog den Rücken, die Lust ließ Keitas Körper heftig zittern.

»Uah … Ng … H…Hör aaaaauf!« Mit schwachen Fingern fuhr er durch Kazukis Haar.

»Magst du das nicht, Keita?«

»D…Doch! Sehr sogar … aber …« Er hielt es kaum noch aus und befürchtete, jeden Augenblick in Kazukis Mund zu kommen … Die Vorstellung allein war ihm einfach zu peinlich. Die Tränen stiegen ihm wieder in die Augen und sein Gesicht verfärbte sich tiefrot. Als Kazuki den Kopf hob und in Keitas besorgtes Gesicht sah, ließ er seufzend von ihm ab und entfernte sich langsam. Er küsste ihn noch einmal auf den Bauch und fuhr dann mit der Hand an die Innenseite seines Schenkels. Mit seinen langen Fingern umschloss er Keitas Penis und begann, die Hand langsam zu bewegen. Keita biss sich reflexartig auf die Lippen. Dort, wo Kazukis Hand sich befand, war es bereits sehr feucht geworden, und bei jeder Bewegung machte sich ein leises Schmatzen bemerkbar.

Kazuki … Ich habe schon fast ein schlechtes Gewissen, wenn nur ich auf meine Kosten komme … Dieser Gedanke flackerte kurz in seinem Hinterkopf auf, doch er wurde von der nächsten Welle der Lust weggespült. Keuchend wälzte sich Keita auf dem Schreibtisch.

»Keita? Ist es okay, wenn ich …« Kazuki hatte seine Lippen Keitas Ohr genähert und die liebkosende Hand hielt inne.

»Mh … Ja, klar. Ja …« Er wusste zwar nicht, wozu er

seine Zustimmung gab, doch er bejahte Kazukis Frage automatisch. Während Kazuki Keitas Glied noch immer fest umschlossen hielt, führte er die andere Hand langsam in Richtung seines Gesäßes. Während er die Pofalte mit den Fingern teilte, arbeitete er sich Stück für Stück weiter vor.

»Ah … Kazuki …!« Keita versteinerte förmlich, als er an einem Teil seines Körpers berührt wurde, der mit noch mehr Scham besetzt war. Doch Kazuki liebkoste ihn dort mit sanften, streichelnden Bewegungen. Da begann Keita plötzlich zu verstehen, was Kazuki vorhatte. Selbstverständlich flößte ihm dieser Gedanke Angst ein, doch er bemühte sich, die Anspannung aus seinem Körper weichen zu lassen. Kazuki betrachtete Keitas Gesicht eindringlich, um sich zu vergewissern, ob dieser Furcht oder Abneigung bei der Vorstellung verspürte.

»In Ordnung, Kazuki. Es ist okay.« Er will mich, also werde ich ihn lassen. Ich will ihn ja auch … Ich liebe ihn so sehr, dass ich ihm beinahe jeden Wunsch erfüllen würde.

Kazuki veränderte seine Position, hob nun Keitas Schenkel an und führte sein Glied vorsichtig an den schmalen Eingang.

»Darf ich …?«

»J…Ja …« Keita bemühte sich, den eigenen Körper, der sich vor Aufregung zu verhärten drohte, zu entspannen. Er fühlte, wie Kazukis Gewicht sich auf ihn legte.

»Aah … aaah …« Etwas unglaublich Heißes versenkte sich nach und nach in seinem eigenen Körper. Kazuki hielt Keitas Hüften umfasst und verlagerte sein Gewicht auf ihn, und in kleinen, rhythmischen Bewegungen schob er seinen Penis immer tiefer in ihn hinein. Ein heiserer Schmerzensschrei drang aus Keitas Mund. Keita konnte nichts dagegen tun, dass er mit seiner Hüfte reflexartig nach oben hin zu entfliehen versuchte. Die unter ihm ausgebreitete Jacke rutschte beinahe vom Tisch.

»Kazuki ... Ah, aah! Kazuki ... Kazuki ...« Er wollte sich mit den Fingernägeln in die Tischplatte krallen, doch sie schabten nur darauf entlang und boten ihm keinen Halt.

»Keita ... deine Hand ...«, sagte Kazuki, doch Keita verstand nicht, was er meinte. Kazuki ließ das Bein des sich windenden Keita los. Dann nahm er Keitas Hand und führte sie an die eigene Schulter.

»Kazuki ...« Keita krallte seine Fingernägel in die schweißnasse Schulter. Als er sie fest ergriff und zu sich zog, neigte Kazuki sich zu ihm hinunter. In fester Umarmung rieben sich ihre schweißnassen Oberkörper aneinander. Auch wenn er geglaubt hatte, eine Steigerung sei nicht mehr möglich, drang Kazuki nun noch tiefer in ihn ein.

Der Schmerz, der ihm bis in die Haarspitzen fuhr, war nur schwer zu ertragen, und doch hatte er das Gefühl, dass alles in Ordnung war. Selbst wenn sein Leib zerbersten würde, das spielte keine Rolle, schließlich war es Kazuki, für den er dies ertrug.

»Kazuki ... ich liebe dich! Ich ... liebe dich!«

»Ich liebe dich auch, Keita. Ich liebe dich mehr als alles andere ...«

Seine Arme schlossen sich fest um ihn und Keita verspürte eine Euphorie, die stärker war als der Schmerz. Sein eigener Penis wurde zwischen ihren klebrigen Leibern hin- und hergerieben, und er konnte sein lustvolles Stöhnen nicht unterdrücken. In Keitas Stimme schwang nun nicht mehr nur Schmerz mit. Als würde ihm dies neuen Aufschwung verleihen, wurden Kazukis Bewegungen heftiger und bald war er in hemmungslose Extase versunken.

Wieder und wieder rief Keita stöhnend Kazukis Namen aus, und jedes Mal, wenn er ihn rief, schienen die körperlichen Schmerzen leichter zu werden. Während Kazukis Stöße ihn durchrüttelten, vermischten sich Schmerz und Euphorie zu einer so intensiven Empfindung, die ihm beinahe die Besinnung raubte.

Am seinem Ohr vernahm er Kazukis raue Stimme. »Keita … ich liebe dich … Keita …« Die Leidenschaft in Kazukis Stimme machte ihm unmissverständlich klar, dass auch er ihn aufrichtig liebte … dass er jetzt gerade mit ihm schlief … dass sie einander spürten … Diese Gedanken machten ihn so glücklich, dass er am liebsten laut losheulen wollte.

»Kazuki … ich dich auch!«

Das wundervolle Gefühl des nachlassenden Schmerzes, sein hartes Glied zwischen ihren Leibern – all dies brachte Keita bald an seine Grenzen.

»Keita … ich …!«

In diesem Augenblick stieß Keita einen lauten Schrei aus, er war zum Höhepunkt gekommen. Die heiße Flüssigkeit spritzte bis zu seiner Brust hinauf, und auch Kazukis Körper begann zu beben. Zwischen Kazukis zusammengebissenen Zähnen ertönte ein tiefes Stöhnen, als er in ihm kam. Keita glaubte, vor Glück beinahe zu platzen. In einer Woge der Wonne, die ihnen die Besinnung zu rauben drohte, hielten sie einander fest umarmt. Dabei fühlte er Kazukis Gewicht auf sich, der erschöpft zusammensank und heftig atmete. Kazuki strich Keitas verschwitztes Haar zur Seite und küsste ihn auf die Stirn. Keitas Körper war von einer solchen Schwere erfüllt, dass er nicht einmal mehr den Kopf heben konnte.

»Kazuki, ich …«

»Hm?« Kazuki warf ihm einen zärtlichen Blick zu. Keita gab den Blick zurück, lächelte und schaffte es irgendwie, den Arm auszustrecken, Kazukis Gesicht an sich zu ziehen und ihn auf die Wange zu küssen. Er war schrecklich erschöpft, sein Kopf war schwer wie Blei, er war müde und gleichzeitig glücklicher denn je. Kazuki hatte zwar gesagt, er könne ruhig einschlafen, wenn ihm danach wäre, doch die Vorstellung, hier im Zimmer des Rektors ein Nickerchen zu halten, widerstrebte ihm. Selbst wenn sie soeben etwas weitaus Krasseres getan hatten.

»Alles okay«, sagte Keita noch, doch seine Augenlider senkten sich wie von selbst immer weiter. Kazuki hielt den sanft in den Schlaf hinübergleitenden Keita fest im Arm. So gehalten und gewiegt zu werden erinnerte ihn an etwas … Ja … tatsächlich. Er war bereits einmal von ihm in den Armen gehalten worden … von seinem großen Bruder …

Das unerbittliche Klingeln des Weckers riss Keita aus dem Schlaf. Ein Sonnenstrahl fiel in sein Zimmer. Auch heute war wieder herrliches Wetter. Mühsam hob er die schweren Lider und suchte tastend nach dem Wecker, um das Klingeln abzustellen und auf die Uhr zu sehen.

»Was?! Schon 7.50 Uhr?!«

Er hatte den Wecker doch auf halb sieben gestellt, warum klingelte das verflixte Ding erst jetzt?! Er würde zu spät kommen!

»Mist!« Hastig sprang er aus dem Bett und versteinerte im nächsten Moment.

»Aua …!« Sein ganzer Körper tat weh. Jeder Muskel schmerzte – vor allem in seiner unteren Körperhälfte.

Als er sich an den gestrigen Tag erinnerte, wurde ihm heiß. Er ließ sich wieder auf das Bett fallen und rollte sich zusammen. Was er und Kazuki gestern getan hatten, konnte er noch immer kaum glauben.

Nach ihrem ersten Mal war er schrecklich erschöpft und müde gewesen. Er hatte versucht sich wachzuhalten, doch als er wieder zu sich kam, lag er schlafend auf dem Sofa im Büro des Rektors. Als er sich erheben wollte, hatte er den Schmerz in seinem Körper gespürt. Kazuki hatte ihn gefragt, ob alles in Ordnung sei. Keitas nackter Körper war nur in eine Decke gehüllt. Kazuki war bereits angezogen, trug jedoch nur Unterhose und T-Shirt. Die restlichen Klamotten lagen über dem Stuhl. Die Erinnerung ließ sein Herz so schnell klopfen, dass er das Pochen als unerträglich laut wahrnahm.

»Aufstehen ...!«

Er zwang seinen schmerzenden Körper dazu, sich zu erheben, zog den Pyjama aus und schlüpfte in seine Uniform. Ordentlich knotete er die Krawatte und warf einen prüfenden Blick in den Spiegel. Nichts Auffälliges zu bemerken, stellte er fest. Trotzdem fühlte er sich komisch. Es kam ihm fast vor, als wäre er nicht mehr er selbst. Wenn er daran dachte, während des Unterrichts und der Pausen auf Kazuki zu treffen, errötete er unwillkürlich. Er würde sich ganz schön zusammennehmen müssen.

Er konnte es immer noch nicht glauben. Kazuki war der Rektor der BL-High und außerdem sein großer Bruder, mit dem er als kleiner Junge gespielt hatte! Und jetzt war er auch noch sein Geliebter ...

Keita seufzte laut auf und stieß mit dem Kopf gegen den Spiegel. Wie es schien, würde er von nun an Tag für Tag mit dieser komplizierten Situation leben müssen.

Kazuki ..., dachte er, wann werden wir uns wohl wiedersehen? Als Rektor dieser Schule hast du sicher alle Hände voll zu tun. Sicher war das auch der Grund dafür, dass du ab und zu verschwunden bist. Warum nur hast du die ganze Zeit so getan, als wärst du ein normaler Schüler?

Bis gestern hatte er sich gefragt, was Kazuki wohl über seinen Sandkastenfreund wusste, und nun hatte er die Antwort bekommen. Doch jetzt, da er Kazukis wahre Identität kannte, hatte er plötzlich noch mehr Fragen.

Der Grund, warum Keita nun hier war, war angeblich

das Versprechen, das Kazuki ihm einst gegeben hatte. Doch war das wirklich alles? Es wunderte Keita, dass jemand eine solch kindliche Abmachung tatsächlich ernst nahm. Er musste Kazuki noch einmal fragen, ob wirklich nicht mehr dahintersteckte.

»Außerdem …« Es gab noch etwas, das ihn beschäftigte, nämlich die verschiedenen Zwischenfälle während der MVP-Spiele. Der Blumentopf, der plötzlich herabgefallen war, und seine Entführung in den Heizungskeller. Auch wenn er davon ausging, dass mit Beendigung der MVP-Spiele diese Schikanen ein Ende hatten, hatte er das Gefühl, er könnte das Ganze nicht einfach auf sich beruhen lassen. Er wollte mit Kazuki darüber sprechen, ebenso wie über den tatsächlichen Grund für seinen Schulausschluss. Kazuki hatte nur gesagt, dass es Kuganuma und den anderen in Wirklichkeit darum gegangen war, ihm als Rektor zu schaden. Doch das hieße auch, dass es in Zukunft nicht leichter für ihn werden würde und er sich auf noch härteren Widerstand seiner Gegner einzustellen hatte. Kazuki hatte als Rektor sicher alle Hände voll zu tun, doch Keita musste ihn einfach um einen Termin bitten und mit ihm sprechen.

In diesem Moment klopfte es zweimal kurz an seine Zimmertür.

»Keita?«

Noch bevor er antworten konnte, öffnete sich die Tür leise und Kazuki steckte den Kopf herein.

»Was denn, du bist noch hier? Ich habe dich in der Kantine vermisst, deshalb wollte ich mal nach dir sehen. Beeil dich, sonst kommen wir zu spät!«

»Zu spät …? Heißt das …«

Kazuki trug dieselbe Schuluniform wie Keita, das rote Jackett.

»Du willst also auch weiterhin hier als Schüler …?!«

»Na klar. Das macht doch Spaß!«

»Spaß …?« War so etwas für einen Rektor überhaupt angemessen? Das breite Grinsen, das bewies, wie sehr Kazuki sein momentanes Leben genoss, verdutzte Keita.

»Und was ist mit deinem Job als Rektor?«

»Keine Sorge. Ich habe das alles bisher ja auch gut unter einen Hut bekommen. Außerdem habe ich mich doch die ganze Zeit darauf gefreut, mit dir zusammen zur Schule zu gehen!«

Auf Kazukis strahlendes Lächeln hin wandte Keita den Blick ab. Er spürte, dass er knallrot geworden war.

»Jetzt aber schnell! Sonst verspäten wir uns wirklich noch!«

Kazuki fing seinen Blick lachend wieder ein. Es war bereits zwanzig nach acht.

»Mist! So spät schon?!« Eilig rannten sie los. Zum Frühstücken war nun keine Zeit mehr.

»Hey, Keita. Das ist für die Pause!« Kazuki gab ihm ein Sandwich, das er offenbar aus der Kantine mitgebracht hatte. Kazuki war wirklich fürsorglich. Trotzdem wollte Keita sich dadurch nicht von seinem Plan abbringen lassen. Er musste ihn später zu all den Dingen befragen, die ihm keine Ruhe ließen.

Nach dem Unterricht waren sie auf dem Schulhof endlich allein. Als sie sich nebeneinander auf eine Bank gesetzt hatten, kam Keita gleich zur Sache.

»Ich habe etwas mit dir zu besprechen und bitte dich, ehrlich zu sein.«

»Ehrlich zu sein? Wie meinst du das?«, fragte Kazuki mit unschuldiger Miene, doch Keita ließ sich davon nicht beeindrucken. Schließlich hatte Kazuki ihm bisher zwei entscheidende Dinge verheimlicht.

»Tu nicht so, als wärst du immer offen gewesen. Ich habe jede Menge Fragen an dich! Nur bin ich gestern nicht mehr dazu gekommen, aus verschiedenen Gründen …«

»Aus verschiedenen Gründen, so, so.« Über Kazukis Gesicht huschte ein verschmitztes Lächeln.

»D…Das … also …« Keitas Mundwinkel zuckten und er verlor den Faden. Die Erinnerung an ihre gemeinsamen Stunden jagte seinen Puls wieder in die Höhe. »Wir müssen jetzt einfach darüber sprechen! Es ist mir wirklich wichtig!«

»Also, was möchtest du wissen?«, fragte Kazuki mit ernstem Blick. Hatte er sich von Keitas Entschlossenheit umstimmen lassen oder sah er selbst ein, dass er sich nicht länger drücken konnte?

»Was …? Ähm, ach ja! Warum hast du mich hierher geholt?! Ich finde das eigenartig. Wenn du dein Versprechen einlösen wolltest, warum hast du mich dann nicht gleich zu Beginn des Schuljahrs hierher geholt?!«

Wäre er wie alle anderen bereits im April gekommen, hätte er sich den Sonderstatus als Neuer ersparen können.

»Also? Warum hast du mich ausgerechnet jetzt geholt?«

»Zweifelst du etwa an meinen Worten, Keita?«, fragte Kazuki schmollend und kratzte sich an der Wange.

»Jetzt guck nicht gleich so! Habe ich dich etwa in die Enge getrieben mit meiner Frage? So schaust du immer, wenn du dich ertappt fühlst!«

»Was …?« Offensichtlich war Kazuki sich seiner eigenen Angewohnheiten nicht bewusst. »Also gut, Keita. Es … tut mir leid. Weißt du … das ist eigentlich ein Geheimnis, aber ich weiß seit kurzem, dass Informationen aus der Suzubishi-Group nach außen gelangen. Es handelt sich dabei um Informationen über die Schule sowie über Ergebnisse aus der Bell-Pharmazie-Forschung, die ebenfalls auf dem Schulgelände angesiedelt ist. Auch persönliche Daten über dich waren dabei.«

»Persönliche Daten über mich?! Aber ich dachte, es geht um Firmendaten?!« Keitas Stimme überschlug sich anlässlich dieses unerwarteten Geständnisses.

Was haben meine Daten mit der Suzubishi-Group zu tun?, fragte er sich. Hat Kazuki etwa heimlich über mich recherchiert …?

Doch im nächsten Augenblick waren ihm seine Verdächtigungen schon peinlich. Unwillkürlich hatte er Kazuki skeptisch gemustert, doch er glaubte selbst nicht, dass sein Misstrauen gerechtfertigt war.

»Blödmann! Nicht, was du denkst!«, löschte Kazuki Keitas Bedenken flapsig aus.

Aber was hatte das Ganze dann zu bedeuten …? Kazuki erklärte dem verwirrten Keita die Einzelheiten.

»Du warst noch klein und erinnerst dich vielleicht nicht mehr daran …«

Da seine Mutter kurz vor der Entbindung stand, wurde Keita in das kleine Haus seiner Großeltern gebracht, das auf dem Land in der Nähe der Berge lag. Im zwanzig Meter entfernten Nachbarhaus lebte zu dieser Zeit Kazuki. In der näheren Umgebung gab es keine anderen Kinder, und auch wenn Kazuki um einiges älter war, freundete sich der zutrauliche Keita rasch mit ihm an. Jeden Morgen ging er zu ihm und sie sammelten Insekten, schwammen in Kazukis Pool und spielten miteinander. In Kazukis Haus lebte auch eine Haushälterin, die ihnen oft Leckereien zubereitete. Keita durfte sogar dort übernachten.

Er hatte bis vor kurzem nichts mehr davon gewusst, doch durch die jüngsten Ereignisse waren alle möglichen Erinnerungen wie durch eine Initialzündung zurückgekommen.

Kazukis Haus war in Wirklichkeit das Feriendomizil seines Großvaters gewesen. Dort war auch das private Forschungslabor eingerichtet, das sein Großvater als Gründer des Bell-Pharmazieunternehmens leitete.

Eines Tages war Keita wie immer zum Spielen bei Kazuki. Es war ein schöner Tag, doch weil es sehr heiß war, zogen sie sich ins Haus zurück und spielten Verstecken.

»Mittendrin gab es dann einen Stromausfall.«

Daran erinnerte sich Keita nicht.

»Ich war mit Suchen dran, doch ich konnte dich nirgends finden. Du bist irgendwie ins Forschungslabor geraten. Durch den Stromausfall war die automatische Verriegelung wohl ausgefallen.«

Im Forschungslabor hatten sich nicht nur experimentelle Medikamente befunden, sondern auch ein neuartiger Virus. Eigentlich war es ausgeschlossen, dass dieser aus dem Sicherheitsbereich entweichen konnte, doch …

»Was?! Warum weiß ich denn davon gar nichts?!«

»Tja … man spürt eben nicht, wenn man von einem Virus befallen wird.«

Während Kazuki nach Keita gesucht hatte, war sein Großvater nach Hause gekommen. Er hatte den Stromausfall bemerkt und Keita bewusstlos im Labor gefunden, in das er hastig geeilt war.

Jetzt, als er davon hörte, hatte er tatsächlich das Gefühl, sich zu entsinnen. In seiner Erinnerung war er mitten im Spiel plötzlich an einem dunklen Ort eingeschlafen.

»Der Virus … entschuldige, ich kann dir nicht mehr darüber sagen. Er befand sich noch im Forschungsstadium.«

Kazuki wusste nur, dass dieser Virus innerhalb weniger Tage zum Tod führte und daher höchst gefährlich war. Doch auch in diesem Fall hatte Keita Glück gehabt, denn nur einen Tag zuvor war der Impfstoff gegen den Virus aus dem Labor gekommen, welcher ihm sofort verabreicht wurde. Nach diesem Unfall wurde jegliche Forschung an dem Virus komplett eingefroren. Doch um auf den unwahrscheinlichen Fall von Spätfolgen bei Keita vorbereitet zu sein, wurden Keitas persönliche Daten gespeichert.

»Das sind also die privaten Daten, die unter anderem gestohlen wurden?«

»Genau. Ich wollte unbedingt vermeiden, dass du in irgendetwas hineingezogen wirst, deshalb habe ich dich schnell an die BL geholt. Tut mir leid …«

Deshalb konnte ich also hierherkommen und habe Kazuki wiedergetroffen?, fragte sich Keita. Da muss ich dem Dieb ja fast noch dankbar sein!

Kazuki war von Keitas Reaktion überrascht. Er verstand nicht, wie Keita das alles auf die leichte Schulter nehmen konnte. Macht es ihm denn gar nichts aus, dass seine privaten Daten in fremde Hände gekommen sind? Ich bin ja erleichtert, dass er nicht weiter nachgebohrt hat, aber so gutmütig wie er ist, kann man ihn wirklich nicht aus den Augen lassen!, schoss es ihm durch den Kopf.

Doch Kazuki täuschte sich. Keita nahm die Geschichte nicht auf die leichte Schulter, doch seine Bedenken betrafen nicht sich selbst, sondern etwas anderes.

»Kazuki, heißt das etwa, du gibst dich wegen dieser ganzen Datenklau-Geschichte als Schüler aus? Du hast doch gesagt, das Forschungslabor befindet sich hier auf dem Schulgelände, oder?«

»Stimmt.« Kazuki war erschrocken, dass Keita ins Schwarze getroffen hatte.

»Ich glaube, der Täter befindet sich an dieser Schule. Die Schule und das Forschungslabor benutzen dasselbe Computersystem, doch das ist gut gesichert. Es ist beinahe ausgeschlossen, dass Daten durch Zugriff von außerhalb gestohlen werden können. Das heißt, die Wahrscheinlichkeit ist ziemlich hoch, dass jemand von der BL die Finger im Spiel hat.«

»Dann hast du dich also deshalb als Schüler hier eingeschmuggelt?«

»Ja. Solange wir nicht wissen, wer es ist, können wir auch keine offizielle Untersuchung einleiten. Was, wenn ausgerechnet derjenige der Täter ist, an den wir uns damit wenden? Und wenn ich als Rektor aktiv werde, errege ich zu viel Aufmerksamkeit.«

»Ich hatte ja keine Ahnung, dass etwas so Ernstes dahintersteckt …«

»Wenn ich nicht sowieso davon geträumt hätte, mit dir zur Schule zu gehen, wäre ich nie auf diese Idee gekommen.« Kazuki grinste Keita schelmisch an.

»Blödmann …!« Keitas Gesicht färbte sich rot.

»Von dieser Sache wissen nur du und ein paar meiner Mitarbeiter. Für Kuganuma und seine Leute spiele ich ohne Angabe von richtigen Gründen den Schüler und habe dich über ihre Köpfe hinweg an diese Schule geholt. Das ist auch der Grund, warum sie dich wieder loswerden wollten. Entschuldige, dass du das alles durchmachen musstest …«

»Ach was, das ist schon okay!« Für Keita war die Sache abgeschlossen. Er wünschte sich, dass auch Kazuki sich das Ganze nicht länger zu Herzen nahm.

»Ich hatte ja keine Ahnung, dass dich so viele Sachen beschäftigen, Kazuki. Ich möchte nicht mit dir tauschen!«

»Tja … aber das ist schließlich mein Job.« Kazuki lächelte gelassen, fast als wolle er Keita damit sagen, er solle sich bloß keine Gedanken machen. Verglichen mit ihm, der ein vergleichsweise sorgloses Schülerdasein führte, war Kazukis Leben wirklich kompliziert. Keita wollte ihm gern helfen und es fiel ihm schwer, dass er nichts tun konnte.

»Kazuki? Darf ich dich noch etwas fragen?«

»Was denn? Jetzt weißt du wirklich alles. Ich habe keine Geheimnisse mehr vor dir.«

Kazuki steckte Keita mit seiner Heiterkeit an. Und dann wagte er es.

»Sag mal, Kazuki … Wie alt bist du eigentlich?«

»Wie kommst du denn jetzt darauf?«

»Na, als ich klein war, habe ich dich nie danach gefragt. Also, wie alt bist du? Ich hatte damals das Gefühl, dass du ein ganzes Stück älter bist …«

»Nicht so viel älter.«

Dieser Kerl … im einen Moment behauptet er, keine Geheimnisse mehr zu haben, und schon im nächsten tut er wieder so geheimnisvoll! Keita dachte nach, wie er ihn zu einer Antwort bewegen konnte. Doch seine Gedanken wurden von einer Stimme unterbrochen, die plötzlich in ihrem Rücken erklang.

»Na, ihr versteht euch ja offenbar prächtig!«

Sie zuckten zusammen und drehten sich nach der Stimme um. Hinter ihnen war Nakajima, der stellvertretende Präsident des Schülerrats, aufgetaucht.

»Nakajima-san ... Haben Sie uns etwa belauscht?«, fragte Kazuki und verzog das Gesicht skeptisch, doch Nakajima ließ sich nichts anmerken.

»Notgedrungen. Ich wollte euch einfach nicht unterbrechen, so vertieft wie ihr ins Gespräch wart.«

Kazuki und Keita tauschten einen Blick aus.

»Hab ich's doch gewusst«, grinste er provokant.

»Was?! Sie haben gewusst, dass Kazuki der Rektor ist?!«, rief Keita unwillkürlich aus. Kazuki schlug neben ihm die Hände vors Gesicht.

»Ach wirklich? Ich meinte eigentlich damit, dass ich wusste, dass ihr beide euch mehr als nur gut versteht.« Nakajima grinste gelassen.

»Oh ...«

»Trottel!« Kazuki stieß Keita laut seufzend in die Seite. Nakajima betrachtete die beiden mit überheblicher Miene.

»Na, so was. Kazuki Endo aus der ersten Stufe ist also der Rektor unserer Schule? Darauf wäre ich nicht im Traum gekommen.«

Sein Grinsen war unheilvoll. Sie hatten ihn einfach nur für einen Streber gehalten, doch als stellvertretender Präsident des Schülerrats musste er offenbar auch andere Saiten aufziehen können.

»Ich erwarte eine genaue Erklärung, was das zu bedeuten hat, Rektor Endo.«

Sie hatten keine Wahl. Er würde nicht mit sich verhandeln lassen. Faule Ausreden würde er nicht gelten lassen, und wer wusste schon, wozu er in der Lage wäre, wenn sie jetzt nicht kooperierten. Also legte Kazuki alles offen, auch das Problem mit den gestohlenen Informationen und dass er sich als Schüler ausgab, um in diesem Fall zu ermitteln. Als Gegenleistung für seine Offenheit nahm er Nakajima das Versprechen ab, bei niemandem ein Wort über die Angelegenheit zu erwähnen. Ob er sich darauf verlassen konnte?

»Mann ... jetzt bin ich also doch aufgeflogen!«

»Tut mir leid! Hätte ich doch bloß den Mund gehalten ...«

»Schon gut ...«

Sie gingen den Flur des Schulgebäudes entlang und Kazuki tätschelte Keitas Kopf. Er konnte ihm einfach nicht böse sein.

»Ob Nakajima-san es für sich behält?«

»Ich denke doch. Schließlich hat er's versprochen.« Dies sagte er, um Keita zu besänftigen, doch er selbst war auch nicht vollkommen überzeugt davon, denn Nakajimas doppeldeutiges Grinsen war nicht besonders vertrauenerweckend.

»Aber was soll's. Ich war Nakajima-san sowieso noch etwas schuldig für seinen Geleitschutz.«

»Geleitschutz?« Keita sah Kazuki fragend an.

»Ich hatte den Schülerrat darum gebeten, sich deiner anzunehmen, als du hier angekommen bist. Die näheren Umstände deiner Aufnahme an der BL haben das erfordert. Ich hatte schließlich keine Ahnung, ob du dich wegen der Datenklau-Sache in Gefahr befandest. Es war vor allem eine Vorsichtsmaßnahme.«

»Davon hatte ich ja keine Ahnung!«

»Ich hatte auch um Geheimhaltung gebeten. O-sama und die anderen haben das offensichtlich auch wirklich gut hinbekommen.«

Als Keita während der MVP-Spiele im Heizungsraum eingesperrt war, hatte Nakajima sein Rufen gehört und Kazuki Bescheid gegeben. Ob das auch Bestandteil seines Geleitschutzes gewesen war?

»Außerdem habe ich die Rechnungsabteilung darum gebeten, mir bei den Ermittlungen über das Informationsleck zu helfen.«

»Die Königin und ihre Leute?!« Erschrocken hob Keita die Stimme. Der Datenklau betraf die Suzubishi-Group. Warum also hatte Kazuki bloß die Rechnungsabteilung eingeweiht, die ja nur aus Schülern bestand? Hieß das, Saionji und die anderen wussten auch über Kazukis wahre Identität Bescheid?

»Ja, sie wissen es. Aber das ist eine lange Geschichte ...

Bevor Jo-o-sama und Shichijo an die Schule kamen, habe ich sie in meiner Funktion als Rektor kennengelernt.«

»Eine lange Geschichte? Warum?«

»Das erzähle ich dir das nächste Mal, wenn wir ganz allein sind.«

So neugierig Keita auch war, er verließ sich auf Kazukis Versprechen, ihn bald einzuweihen.

»Da hattest du ja jede Menge Ärger, ohne dass ich etwas mitbekommen hätte …«

»Tja. Was blieb mir auch anderes übrig?« Kazuki sah sich um und flüsterte Keita dann ins Ohr, um sicherzugehen, dass niemand sonst es hören konnte.

»Schließlich bin ich der Rektor der Bell Liberty.« Das Flüstern kitzelte Keita im Ohr und er zog leicht den Kopf ein. Kazuki amüsierte sich über Keitas Reaktion und machte dann ein Zeichen mit der Hand.

»So, der Raum der Rechnungsabteilung. Hier müssen wir uns nicht mehr verstellen.«

Er klopfte zweimal an und trat dann gemeinsam mit Keita durch die Tür. Shichijo empfing sie.

»Hereinspaziert. Na, ihr beiden MVP-Sieger? Was führt euch hierher?«

Shichijo verhielt sich wie immer. Er ließ sich nicht anmerken, dass er über Kazukis wahre Identität Bescheid wusste. Keita betrat den Raum hinter Kazuki und schloss die Tür. In diesem Moment änderte Kazuki seine Haltung kaum merklich.

»Ich wollte fragen, ob es etwas Neues in der Untersuchung gibt, die ich in Auftrag gegeben hatte.«

Shichijo und Saionji, der in einer Ecke des Raums auf dem Sofa saß, sahen Kazuki überrascht an. Keita wusste also auch Bescheid. Shichijo wirkte erschrocken, doch über Saionjis Gesicht huschte ein tiefsinniges Lächeln.

»Das heißt also …«

»Siehst du, Omi? Hab ich's doch gesagt!«

Wovon sprachen sie? Ihre Blicke beunruhigten Keita.

Kazuki fragte Shichijo, was er damit meinte, doch Shichijo grinste nur und antwortete nicht.

»Das ist ein Geheimnis zwischen Kaoru und mir.«

Doch sobald das Gespräch auf den Stand der Ermittlungen kam, wurde die heitere Atmosphäre plötzlich ernst und angespannt.

»Vor einem Monat gab es einen schulinternen Zugriff auf die Daten von Umino-sensei, der im Auftrag des Forschungslabors seine Forschung fortführt.«

Vor einem Monat, also genau zum Zeitpunkt von Keitas Ankunft an der Akademie. Keita neigte fragend den Kopf. War das Datenleck also immer noch nicht gestopft? Doch Kazuki war zu vertieft in sein Gespräch mit Shichijo, um Keitas fragende Geste zu bemerken.

Shichijo fuhr mit seiner Erklärung fort.

»Glücklicherweise konnte ich die Daten rechtzeitig sichern. Jetzt habe ich sie so verschlüsselt, dass niemand mehr etwas damit anfangen kann.«

»Verstehe.« Kazuki wirkte erleichtert. »Und? Das war doch sicher nicht alles, oder?«

»Ich habe es so eingerichtet, dass bei jedem Zugriffsversuch eine automatische Mail an meine Adresse geschickt wird«, antwortete Shichijo. »Dadurch konnte ich den Täter identifizieren.«

Bedeutete das, das Problem des Datenklaus konnte endlich gelöst werden? Als Keita Shichijo einen fragenden Blick zuwarf, lächelte dieser bejahend.

»Es war der Biologielehrer Kida-sensei.«

»Kida-sensei?!«, rief Keita laut, und alle Blicke richteten sich auf ihn.

»Was hast du denn, Keita? Hattest du das etwa schon geahnt?«

»J...Ja.« Da fiel ihm ein, dass er Kazuki noch gar nichts davon erzählt hatte, dass die Stimme seines Entführers im Heizungsraum der von Kida-sensei sehr ähnlich gewesen war.

»Erzähl's mir später, okay? Shichijo-san, Entschuldigung. Bitte fahren Sie fort.«

Shichijo nickte.

»Am Tag, bevor ich den Kopierschutz eingerichtet habe, ist auf Kida-senseis Bankkonto ein größerer Betrag eingegangen.« Er sagte dies ganz beiläufig, doch Keita staunte, wie er das wohl herausgefunden haben mochte. Für Shichijo als Computerspezialist war der Zugriff auf fremde Bankkonten wahrscheinlich ein Leichtes ... Heutzutage konnte man ja alles online abrufen.

»Gestern hat Kida-sensei überraschend seine Kündigung eingereicht und ist spurlos verschwunden. Was sollen wir jetzt tun?«

Nachdem Shichijo Kazuki auf den neuesten Stand der Ermittlungen gebracht hatte, wartete er dienstbeflissen auf weitere Anweisungen. Kazuki, der nicht mehr den Schüler spielte, ordnete nun in seiner wahren Gestalt das weitere Vorgehen an.

»Finde heraus, von wo aus das Geld auf Kidas Konto überwiesen wurde. Wenn nötig werde ich die Bank im Namen von Suzubishi bitten, zu kooperieren.«

Doch Shichijos Herr und Meister war und blieb Saionji. Er ignorierte Kazukis Worte und wandte sich zu Saionji um, der hinter ihm saß.

»Kaoru, was meinst du?«

Saionji hatte sie bisher nur vom Sofa aus beobachtet, ohne sich am Gespräch zu beteiligen. Doch auf Shichijos Frage hin nickte er geheimnisvoll lächelnd.

»Jetzt haben wir unsere Nase schon so weit reingesteckt, kooperieren wir also weiter.«

»Verstanden.«

»Zuerst brauchen wir die Daten des Überweisers. Schaffst du das, Omi?«

»Natürlich.«

Als Saionji ihm die Anweisungen gegeben hatte, nickte Shichijo erfreut. Er verließ die Rechnungsabteilung, um in seinem eigenen Zimmer die Recherche vorzunehmen.

»Meldet euch bitte, wenn ihr etwas Neues herausgefunden habt. Gehen wir, Keita.« Kazuki nickte Keita zu, um ihn zum Gehen aufzufordern. Doch plötzlich wurde die Tür vor ihrer Nase schwungvoll geöffnet.

»Endo!! Hier steckst du also!«

Niwa stürzte herein. Er schien äußerst aufgebracht und schnappte Kazuki am Kragen, sobald er ihn erblickt hatte.

»Verdammt noch mal! Da hast du uns ja schön an der Nase herumgeführt!«

»Wie bitte? Was ist los, O-sama?« Kazuki stellte sich erst einmal dumm, doch Niwa hörte ihm überhaupt nicht zu.

»Jetzt tu doch nicht so! Nakajima hat mir alles erzählt! Du bist also wirklich der Rektor?!«

Auch wenn er es bereits geahnt hatte, setzte Kazuki nun ein ratloses Gesicht auf. Es waren gerade einmal dreißig Minuten vergangen, seit Nakajima ihm auf die Schliche gekommen war. Er hatte sein Versprechen gegeben, zu schweigen, doch offenbar war er direkt zu Niwa gelaufen und hatte ihm alles erzählt. Keita beobachtete, wie Kazuki sich verzweifelt zu rechtfertigen versuchte, und verspürte einen tiefen Groll gegen Nakajima.

»Mistkerl! Gibst dich als Schüler aus und hast uns die ganze Zeit hinters Licht geführt! Bei diesem Hin und Her mit Keitas Rauswurf und den MVP-Spielen hast du auch so getan, als hättest du keine Ahnung!«

»Das stimmt so doch gar nicht, O-sama!« Keita hielt Niwas Arm fest, denn er befürchtete, dass dieser Kazuki gleich schlagen könnte.

»Kazuki hat darüber aus ganz bestimmten Gründen geschwiegen! Er wollte mich damit nur schützen!«

»Misch dich nicht ein, Keita!« Niwa war das Blut zu Kopf gestiegen. Keitas Worte prallten wirkungslos an ihm ab.

»Ach verdammt, mir platzt der Kragen! Am liebsten würde ich dir eine reinhauen!!«

»O-sama!!« Keita versuchte, Niwa von Kazuki wegzuziehen. Doch Niwa war ihm kräftemäßig überlegen.

»Halt's Maul!!« Niwa riss sich los und schubste Keita weg. Keita torkelte und stolperte gegen jemanden.

»O-sama! Lassen Sie Keita in Ruhe!« Kazuki konnte nicht länger schweigend zusehen. Auch wenn er die ganze Zeit gefasst gewesen war, sobald Keita weggestoßen wurde, stürzte er sich auf Niwa.

»Na? Sollen wir uns prügeln?«

Jetzt konnte Keita nichts mehr ausrichten.

»Jo-o-sama! Bitte halten Sie sie auf!«

Saionji hatte den wütenden Eindringling bisher nur missmutig vom Sofa aus betrachtet, doch auf Keitas Appell hin erhob er sich und atmete tief ein.

»Schluss jetzt, Niwa!«, sagte er gebieterisch, und Niwa hielt tatsächlich inne.

»Aber Kaoru-chan …«

»Kein Wunder, dass man dich als hirnlosen Brutalo bezeichnet.«

Saionjis zorniger Blick ließ Niwa widerstrebend die Hand von Kazukis Kragen nehmen.

»War das etwa alles?«, ertönte es hinter Keita. Als er sich ruckartig umwandte, sah er verblüfft in Nakajimas Gesicht. Offenbar war er gekommen, um zu gaffen.

Er war nach Niwas Rempelei gegen Nakajima gestoßen, ohne es zu realisieren.

»Nakajima-san ...«

»Ich hab's geahnt«, sagte Kazuki und starrte Nakajima böse an, während er Keita zu sich holte. Doch Nakajima tat, als würde ihn das alles nichts angehen und schob die Brille grinsend auf seiner Nase zurecht.

»Geahnt? Was denn?«

»Dass du dein Versprechen nicht hältst.«

»Endo! Erklärst du uns jetzt endlich, was das alles zu bedeuten hat?«, fragte Niwa ungeduldig und stellte sich Kazuki, der unangenehm berührt zu Boden sah, in den Weg.

»Ich dachte, Sie hätten bereits alles von Nakajima-san erfahren?«

»Ja, Hide hat es mir erzählt. Aber jetzt will ich es von dir hören. Worüber habt ihr hier gesprochen? Offenbar wusste Kaoru-chan ja von deiner wahren Identität, schließlich scheint ihn die Offenbarung nicht erstaunt zu haben.«

Über Saionjis Gesicht huschte ein leises Lächeln und er bedeutete Kazuki mit den Augen, dass er besser einlenken solle. Jetzt gab es keinen Weg zurück. Kazuki seufzte und lächelte bitter.

»Also gut. Ich erzähle alles.« Dann begann er von vorn.

Er erzählte vom Datenklau, von den Ermittlungen und davon, dass er Saionji um Hilfe gebeten hatte. Als er gefragt wurde, warum er den Schülerrat um Keitas Schutz gebeten hatte, antwortete er nur, dass er hatte verhindern wollen, dass Keita dazu benutzt wurde, um seine Identität als Rektor auffliegen zu lassen.

»Das verstehe ich ja, aber warum ausgerechnet wir? Als Rektor der BL-High hat man doch sicher genug andere Möglichkeiten, jemanden zu schützen?« Niwas Groll gegen Kazuki schien immer noch nicht abgeflaut.

»Machen Sie's doch nicht so kompliziert. Ich dachte einfach nur, dass es am unauffälligsten wäre, für Keitas Schutz jemanden zu engagieren, der zur Schule gehört – am besten jemand in seinem Alter. Und der Schülerrat schien mir für diese Aufgabe am vertrauenswürdigsten.«

Dieses entgegengebrachte Vertrauen schien Niwas Stolz zu wecken und seine Stimmung veränderte sich, auch wenn er weiterhin so tat, als sei er noch immer wütend. Sein Blick wanderte von Kazuki zu Keita.

»Hm. Das muss Liebe sein …« Auch wenn Niwa nur eine seiner flapsigen Bemerkungen machen wollte, traf er Keita damit mitten ins Herz und sein Gesicht färbte sich rot. Niwa bemerkte Keitas Verlegenheit nicht, doch Nakajima, seine rechte Hand, beäugte ihn von der Seite und verzog den Mund zu einem Grinsen. Keita hatte keine Ahnung gehabt, dass sein Gefühlsleben so offensichtlich war.

»Ehrlich gesagt hatten wir uns von Anfang an gewundert,

warum wir um den Schutz eines neuen Mitschülers gebeten wurden. Aber dann kam er und hatte gleich diesen Unfall, wisst ihr noch? Deshalb haben wir beschlossen mitzumachen.«

Während Keita noch mit seinen Emotionen kämpfte, redete Niwa weiter auf Kazuki ein.

»Irgendetwas an diesem Busunfall war total daneben. Wir haben den Hergang im Schülerrat genau analysiert.«

Kazuki war überrascht, dass Niwa so gewissenhaft vorgegangen war. Andererseits konnte man dies vom Präsidenten des Schülerrats auch erwarten.

»Als es zu dem Unfall kam, war die Sicherung der Überwachungskamera der Zugbrücke herausgedreht worden. Deshalb konnte sie unbemerkt hochgezogen werden, obwohl der Bus gerade darüberfuhr.«

»Das heißt, jemand hatte seine Finger im Spiel?«, fragte Kazuki ungläubig.

»Nun, ich denke nicht, dass er es absichtlich auf den Bus abgesehen hatte, in dem Keita saß. Er konnte ja nicht damit rechnen, dass Hide ausgerechnet zu diesem Zeitpunkt einen Stromausfall verursachen würde. So etwas lässt sich nicht planen.«

»Verstehe.« Niwas Worte lösten ein wildes Gedankenwirrwarr in Kazukis Kopf aus. Schließlich sprach Saionji aus, worüber alle nachgrübelten.

»Irgendjemand wollte einen Unfall verursachen, um damit die Verlässlichkeit unseres Sicherheitssystems in Zweifel zu ziehen. Keita ist nur zufällig mit hineingezogen worden …«

»Exakt, Kaoru-chan. Genau das glaube ich auch.« Niwa nickte zustimmend, doch Saionji winkte nur ab, das sei schließlich eine logische Schlussfolgerung. Niwa ignorierte ihn und fuhr fort: »Noch etwas. Bei den MVP-Spielen gab es einige unschöne Zwischenfälle. Es scheint, als hätte Keita Feinde. Habt ihr beiden Komplizen das gemerkt?«

»Natürlich.«

Dass er Saionji und Shichijo ›Komplizen‹ genannt hatte, ließ Keita vermuten, dass Niwa immer noch nicht über Kazukis Täuschung hinweg war. Hätte Kazuki so getan, als wäre es ihm völlig neu, dass es Widerstand gegen Keita gab, hätte Niwa die Chance sicherlich ergriffen, doch noch handgreiflich zu werden. Doch entgegen seinen Erwartungen begannen Kazukis Augen zu leuchten, sobald die Sprache auf Keitas Widersacher kam.

»Und, O-sama? Habt ihr herausgefunden, wer dahintersteckt?«

Kazukis Engagement ließ Niwa seine Meinung über den Rektor ändern. Er war sichtlich erleichtert.

»Na ja. Die meisten gehören der Opposition im Schülerrat an.«

»Der Opposition?«, fragte Keita erschrocken. Davon hatte er noch nie etwas gehört.

»Unser Schülerrat ist mit großen Kompetenzen ausgestattet. Da ist es nur natürlich, dass sich einige gegen die Führung auflehnen. Wenn ihr mich fragt, lauter Nichtsnutze.«

Nakajimas harschen Worten fügte Niwa hinzu: »Ich

gebe euch nachher eine Liste. Wir haben Nachforschungen angestellt und herausgefunden, dass es einen Strippenzieher gibt.«

»Einen Strippenzieher?«

»Er hat offenbar Mails und Briefe mit Sabotageplänen in der Opposition verbreitet.«

Keita konnte es kaum glauben. Dass so etwas hinter ihrem Rücken vor sich ging … Allein bei der Vorstellung schnürte es ihm die Kehle zu.

Nun übernahm Nakajima wieder: »Wir haben einige Beweise.«

»Es war sogar eine Belohnung ausgesetzt. Persönliche Vorteile, die für die Karriere nach dem Abschluss von Nutzen sein würden. Wir sind gerade noch dabei, die Details zu recherchieren.«

»Gut«, schloss Kazuki zufrieden.

Keita fühlte sich in ihrer Mitte ziemlich verloren. So weit sind sie gegangen, um mich von der Schule zu vertreiben?, dachte er. Wenn Kazuki, Niwa und die anderen sich nicht für mich eingesetzt hätten, wo wäre ich dann jetzt? Die MVP-Spiele, die ja nur für mich abgehalten worden sind, wären ein Desaster geworden, ich wäre von der Schule verwiesen worden und Kazuki hätte seinen Posten als Rektor aufgeben müssen. Ich mag gar nicht darüber nachdenken! Niedergeschlagen lehnte er sich an die Wand, als Niwa ihn ansprach.

»Keine Sorge, Keita. Wir schnappen uns die Kerle!«

»Sie helfen mir?«

Niwa musste lachen, als er Keitas hoffnungslosen Blick sah. Dabei war er eben noch so wütend auf Kazuki gewesen.

»Jetzt, da wir das alles wissen, werden wir uns wohl kaum raushalten! Hey, Endo! Dafür, dass ich dich nicht schlage, verlange ich, dass du uns bis zum Ende mithelfen lässt!«

»Selbstverständlich. Ich bitte sogar darum«, gab Kazuki galant zurück.

Kazuki gab Keita ein kurzes Zeichen und er folgte ihm vor die Tür.

Da in den Sabotagemails Karriereversprechungen gemacht wurden, ist es offensichtlich, dass jemand aus dem Verwaltungsrat der BL involviert sein musste. Niwa und Nakajima haben die Sabotageakte während der MVP-Spiele und die Aktivitäten des Verwaltungsrats also die ganze Zeit über beobachtet, sinnierte Kazuki und wandte sich Keita zu.

»Keine Angst, Keita. Der Schülerrat und die Rechnungsabteilung sind auf unserer Seite. Wir finden bestimmt eine Lösung!« Er lächelte aufmunternd, doch sein Gesicht war nicht das des gutmütigen Mitschülers, den er jeden Tag im Klassenzimmer sah. Es war das Gesicht eines selbstbewussten, zielstrebigen Mannes.

»Ich werde dafür sorgen, dass jeder Einzelne von hier verschwindet, der mit der Sache zu tun hat.«

»J…Ja …«, stammelte Keita schüchtern.

Das Ganze hatte sich als großes Komplott entpuppt. Es gab einen Verräter im Verwaltungsrat, und dann war da immer noch die Sache mit dem Datenklau bei der Suzubishi-

Group … Doch davon ließen Niwa und Saionji sich nicht abschrecken. Sie stellten sich der Sache. Keita selbst konnte nichts tun, was ihm nicht gerade behagte. Dabei wünschte er sich vor allem für Kazuki, dass das Ganze bald ein Ende hätte.

Wenn ich doch nur irgendetwas tun könnte …, dachte er. Er sah Kazuki von der Seite an. Sein Freund hatte sich wieder zu Saionji begeben, um das weitere Vorgehen zu besprechen. Dass er selbst nichts machen konnte außer zu beten, war nur schwer ertragen.

Einige Tage später in der Mittagspause gingen Keita und Kazuki nach dem Essen auf den Schulhof. Mit ihren Getränken, die sie aus dem Automaten in der Kantine geholt hatten, setzten sie sich auf eine Bank. Von außen betrachtet eine völlig alltägliche Szene. Doch worüber sie sprachen, war viel brisanter, als es den Anschein hatte.

»Und, Kazuki? Was ist aus den Ermittlungen von O-sama und den anderen geworden?«

»Die meisten Fragen wurden geklärt. Nach dem Unterricht treffen wir uns wieder in der Rechnungsabteilung. Du kommst doch mit, oder?«

»Klar.« Auch wenn ich nicht wirklich helfen kann, dachte er bei sich.

Seit Niwa und die anderen die Aufgaben untereinander verteilt hatten, dachte er ständig daran, dass er selbst nichts tun konnte, als zuzusehen.

»Kazuki? Kann ich denn nicht irgendwie helfen?«

Egal wie, er wollte etwas beitragen. Doch in diesem Moment veränderte sich Kazukis Gesichtsausdruck.

»Keita, geh!«

Keita war im ersten Moment erschrocken und folgte Kazukis Blicken. Da erkannte er, dass Kuganuma auf sie zukam. Er erhob sich so unauffällig wie möglich von der Bank und verließ Kazuki. Doch da er beunruhigt war, schlich er sich zurück und versteckte sich hinter einem Busch in der Nähe.

»Du schon wieder.« Kuganuma blickte auf Kazuki herab und verhielt sich, als wäre dieser ein ganz normaler Schüler.

»Kein Anlass, sich zu verstellen. Hier sind nur wir beide«, erwiderte Kazuki in unmissverständlicher Vorgesetzten-Manier, doch Kuganuma änderte seine Haltung nicht.

»Ach ja? Bis eben war aber noch jemand hier.«

»Das war Keita Ito.«

Sobald Keitas Name fiel, veränderte sich Kuganumas Ausdruck. Offenbar passte es ihm überhaupt nicht, dass Keitas Ausschluss rückgängig gemacht worden war.

»Ein Plausch unter guten Freunden in der Pause, wie? Was für ein angenehmes Leben man als Schüler haben muss …«

»Mag sein, dass es auf dich so wirkt, aber es geht hier nicht nur ums Vergnügen.«

»Nein? Na, egal. Im Hinblick auf das Datenklau-Problem scheint es ja immer noch nichts Neues zu geben, oder?«

Keita in seinem Versteck bekam bei dem merkwürdigen Unterton in Kuganumas Stimme Herzklopfen. Was wollte dieser Kerl nur damit sagen?

»Du willst doch nicht etwa sagen, du hast es vergessen? Wenn der Täter nicht gefunden wird, wolltest du die Verantwortung dafür übernehmen.«

»Natürlich erinnere ich mich daran.«

Die Verantwortung übernehmen? Was sollte das heißen? Beinahe wäre er aufgesprungen, doch wenn herauskam, dass er hier heimlich gelauscht hatte, würde Kazuki sicher Schwierigkeiten bekommen. Also unterdrückte er den Reflex und blieb in seinem Versteck.

»Hm ... Scheint fast, als wäre auch das Sicherheitssystem, auf das du so große Stücke hältst, nicht besonders effektiv. Ich denke da auch an den Busunfall letzten Monat. Sollte es nicht besser von Grund auf überarbeitet werden?«

Bei Kuganumas Worten musste Keita an das denken, was Saionji vor wenigen Tagen in der Rechnungsabteilung gesagt hatte. Steckte hinter diesem Unfall etwa ...

Doch Kazuki ließ sich nicht aus der Ruhe bringen. Er sah Kuganuma direkt an und reagierte prompt.

»An diesem Fall bin ich bereits dran, keine Sorge.«

»Hä ...?«, Kuganuma gab ein dümmliches Geräusch von sich.

Kazuki fuhr seelenruhig fort: »Wusstest du übrigens, dass in letzter Zeit jemand den Schülern Versprechungen für eine bevorzugte Behandlung hinsichtlich ihrer Karriere nach dem Abschluss macht und sie damit zur Unruhestiftung innerhalb der Schule anspornt?«

Kuganumas Miene zuckte. Er bemühte sich ruhig zu

bleiben, seine wachsende Unruhe allerdings konnte er nicht verbergen.

»Wie bitte? Davon habe ich ja noch nie …«

»Ach ja? Dann solltest du mal besser deine Augen offen halten.« Kazuki grinste schelmisch vor sich hin, was Kuganuma zornig werden ließ. Doch er wollte sich offensichtlich nicht weiter auf eine Diskussion einlassen.

»Ich … Das werde ich, verlass dich drauf«, polterte er und machte sich aus dem Staub. Kazuki seufzte erschöpft auf und wandte sich um.

»Keita? Du bist noch da, oder?«

Keita trat aus dem Gebüsch hervor. Kazuki hatte also bemerkt, dass er ihr Gespräch belauscht hatte.

»Kazuki …«

»Dabei habe ich doch gesagt, du sollst verschwinden. Ich war ganz schön nervös, dass Kuganuma dich sehen könnte!«

»Entschuldige …« Keita hatte nur aus Sorge gelauscht, doch er hätte besser auf Kazuki hören sollen.

Kazuki blickte in sein betrübtes Gesicht. »Nur ein Witz. Selbst wenn er dich gesehen hätte, hätte er mir nichts anhaben können.«

»Aber …«

»Mach dir keine Gedanken. Hat mich ganz schön beflügelt zu wissen, dass du uns zuhörst! Schließlich wollte ich mir vor dir keine Blöße geben.« Kazukis Gesicht kam ihm nun so nahe, dass ihre Nasenspitzen sich berührten.

»K…Kazuki! Lass das lieber …!« Keita machte einen

Schritt nach hinten. Mitten am helllichten Tag auf dem bevölkerten Schulhof geküsst zu werden war ihm entschieden zu peinlich. Kazuki spitzte schelmisch die Lippen.

»Was denn?«

»Erklär mir lieber, was das alles zu bedeuten hat! Dass du die Verantwortung für den Datenklau übernehmen sollst! Warum kann er so etwas von dir verlangen?!«

»Ach, das … Weil ich das Sicherheitssystem entworfen habe. Und weil ich als Rektor schließlich auch dafür verantwortlich bin.«

»Aber es sind doch Daten der Suzubishi-Group, die gestohlen wurden! Wieso sollst du allein dafür verantwortlich sein?«

»Unter den gestohlenen Daten befinden sich auch private Informationen über Schüler dieser Schule. Und dafür trage ich natürlich die Verantwortung! Außerdem bin ich nicht der Einzige, der zur Rechenschaft gezogen würde …«

»Ach ja?«

»Ja. Wenn es wirklich dazu kommt, dass jemand die Konsequenzen tragen muss, dann werden auch noch andere ihren Kopf hinhalten müssen. Doch es wird unvermeidbar sein, dass ich der Erste bin.«

»Kazuki …« Wie konnte er so etwas nur mit einer so gleichgültigen Miene sagen? Wahrscheinlich hatte er seine Verantwortlichkeiten als Rektor schon so verinnerlicht. Als er ihn so betrachtete, wurde Keita wieder bewusst, dass sie beide wirklich in völlig unterschiedlichen Welten lebten.

»Kuganuma will selbst Rektor werden. Das Ganze ist die perfekte Chance für ihn, sein Ziel zu verwirklichen.«

»Aber ...«

»Keita, jetzt guck nicht so ängstlich! Keine Angst, O-sama und Jo-o-sama unterstützen mich dabei, das alles zu regeln.«

»Ja, aber ...«

»Ganz ruhig! Bestimmt wird alles gut. Schließlich bist du ja an meiner Seite.«

»Ich ...«

Kazukis optimistisches Lächeln stimmte ihn traurig.

»Was ist denn, Keita?«

»Kazuki ... Kann ich denn gar nichts tun? Ich halte das kaum aus, als Einziger tatenlos zuzusehen ... Und ich hasse es, derjenige zu sein, dem alle helfen müssen! Ich will auch irgendetwas für dich tun, Kazuki!«

»Keita ...« Kazuki strahlte ihn glücklich an. »Dass du an meiner Seite bist, gibt mir mehr Kraft als alles andere.«

»Aber ...«

»Um Hilfe bei den Ermittlungen könnte ich alle möglichen Leute bitten. Aber für dich gibt es keinen Ersatz! Du tust genug für mich! Du liebst diese Schule aufrichtig und schenkst mir dein Lächeln – das ist die größte Stütze, die ich mir vorstellen kann!«

»Kazuki ...«

»Ich wünsche mir, dass du an meiner Seite bleibst.«

Kazuki nahm Keitas Gesicht in beide Hände und küsste ihn für einen kurzen Augenblick.

»Kazuki, ich …«

Die Lippen, die sich auf seinen Mund gelegt hatten, waren so süß und weich, dass es seine Brust beinahe zum Platzen brachte, als sie sich wieder lösten.

»Sorg dafür, dass deine Glücksfee für mich arbeitet!«

Keitas Herz klopfte laut. Er versank in Kazukis tiefem Blick und konnte an nichts mehr denken. Da ertönte die Glocke, die zum Unterricht rief.

»Schade, die Zeit ist abgelaufen. Also, Keita! Auf zum Unterricht!« Kazuki nahm ihn an der Hand und spurtete in Richtung des Schulgebäudes los. Während Keita seinen Freund vor sich beobachtete, verschoben sich seine Mundwinkel zu einem Lächeln. Kazukis Worte machten ihn sehr glücklich.

Nach dem Unterricht suchte er zusammen mit Kazuki die Rechnungsabteilung auf. Außer Saionji und Shichijo war auch Niwa anwesend.

»Nanu? Ist Nakajima-san gar nicht dabei?«

»Nein. Es geht ja nur um eine kurze Berichterstattung«, antwortete Niwa, ohne dabei hochzusehen. Dennoch hatte er in Shichijos Richtung gesprochen. Wenn dieser auf seinen Erzfeind Nakajima traf, war an eine ernsthafte, konstruktive Unterhaltung ohnehin nicht zu denken. Dass Niwa allein gekommen war, hieß, dass wieder etwas vorgefallen sein musste – auch wenn Shichijo ein unbeteiligtes Gesicht machte.

Nachdem sie auf dessen Geheiß hin Platz genommen hatten, kam Kazuki gleich auf den Punkt.

»Also, was gibt es Neues?«

»Wir hatten ja bereits gemutmaßt, dass die Zwischenfälle bei den MVP-Spielen von der Opposition im Schülerrat verursacht wurden. Also haben wir uns auch einmal die ehemaligen Schüler angesehen, die dieser Opposition angehörten. Und dabei ist uns etwas Interessantes aufgefallen …«

Die Recherche hatte ergeben, dass die meisten Absolventen, die im Schülerrat aktiv gewesen waren, mit Empfehlung des Verwaltungsrats an die Universität gegangen waren. Viele von ihnen waren ebenfalls durch diese Beziehungen in die Suzubishi-Group eingetreten.

»Einige der Begründungen für die Empfehlungen waren recht zweifelhaft. Und jedes Mal war der verantwortliche Entscheidungsträger Kuganuma!«

»So ist das also …«

Kazukis Augen verengten sich. Er dachte einen Moment nach, nahm dann die recht umfangreiche Akte entgegen, in der Niwa die Informationen zusammengetragen hatte, und gab das Wort an Saionji.

»Wie steht es mit der Überweisung auf Kidas Konto?«

Saionji nickte Shichijo leicht zu. Dieser legte ihm eine Akte vor.

»Das Geld wurde von zwei verschiedenen Konten auf sein Konto überwiesen. Ein Teil stammt von einem Pharmaunternehmen, das seit Jahren mit Bell um die Marktführerschaft konkurriert und an dessen Adresse die gestohlenen Daten offenbar übermittelt worden waren. War übrigens gar nicht so unproblematisch, auf das Konto zuzugreifen, ohne das Passwort zu kennen ...«

Keita wandte interessiert den Kopf, doch Shichijo grinste nur und bedeutete ihm, es wäre besser, wenn er nicht zu viel davon wusste.

»Der zweite Teil wurde von einer anderen Firma überwiesen. Eine Art Scheinfirma unter Kuganumas Adresse.«

»Scheinfirma ...?«

Saionji reichte dem verwirrt dreinblickenden Kazuki die Akte, die er von Shichijo erhalten hatte.

»Die Details sind hier aufgeführt. Vordergründig scheint es ein Handelsunternehmen zu sein, welches Medikamente und Kosmetik aus China und Taiwan importiert, doch in Wirklichkeit geht es um etwas ganz anderes – allem Anschein nach um Schwarzmarktgeschäfte.«

Schweigend dachte Kazuki nach. Konnte er mit diesen Informationen etwas anfangen?

»Es besteht außerdem der Verdacht der Steuerhinterziehung. Da dürfte noch einiges ans Licht kommen, wenn man etwas tiefer gräbt. Interessante Geschichte.«

Saionji grinste zufrieden. Auch Niwa blickte Kazuki stolz an. Sie hatten jede Menge erreicht.

»Jetzt bist du dran, Herr Rektor.«

Kazuki erwiderte Niwas Lächeln und neigte den Kopf.

»Danke für eure Hilfe.«

Keita hatte geschwiegen, solange sie noch in der Rechnungsabteilung waren. Neben Kazuki, der die dicken Aktenordner auf seiner Hüfte abgestützt hatte, marschierte er den Korridor entlang.

»Was ist denn, Keita? Machst du dir immer noch Sorgen?«

»Nein, das nicht ...«

Kazuki griff plötzlich nach seinen Schultern und zog ihn energisch zu sich heran.

»Wa...Was soll das, Kazuki?«

»Mach dir keine Sorgen. Dank der Hilfe der anderen habe ich endlich kapiert, worum es geht. Morgen bei der Sitzung des Verwaltungsrats werde ich für Aufklärung sorgen.«

»Bei der Sitzung ...?«

»Ich habe dir doch versprochen, dass ich dich beschütze.«

»Kazuki ...«

Nein, Kazuki!, dachte Keita, ich will deine Stütze sein! Doch er fand nicht die rechten Worte und drückte Kazuki einfach nur fest an sich.

Morgen ist also der Tag der Entscheidung. Hoffentlich löst sich wirklich alles auf, betete Keita. Dafür würde er sogar das gesamte Glück, das ihm in seinem Leben noch widerfahren würde, an Kazuki weitergeben. Bei den MVP-Spielen hatte Keita allein das Wissen, dass Kazuki an seiner Seite war, angespornt. Er hoffte, dass es Kazuki jetzt genauso ging. Voller Inbrunst drückte Keita das Ohr an Kazukis Brust. Sein kräftiger, ruhiger Herzschlag war zu hören.

»Kazuki, ich glaube an dich. Du wirst dich von Kuganuma nicht unterkriegen lassen!«

Kazuki vergrub die Nase in Keitas Haar und murmelte leise: »Danke, Keita ...«

Dass Keita bei ihm war und an ihn glaubte, verlieh ihm große Kraft. Kazukis lächelte glücklich und schloss den Menschen fest in seine Arme, der ihm das Wichtigste auf der Welt war.

Am Tag der Sitzung des Verwaltungsrats saß Keita nach dem Unterricht allein auf der Bank im Schulhof, auf der er tags zuvor in der Mittagspause mit Kazuki gesessen hatte. Von hier aus hatte er das Verwaltungsgebäude gut im Blick. Die Sitzung musste jeden Moment beginnen, und Keita hatte sich auf der Bank postiert, um Kazuki, wenn auch aus der Ferne, moralisch zu unterstützen.

Viel Glück, Kazuki!, dachte er. Ich bin bei dir!

Die insgesamt vierzehn Mitglieder des Verwaltungsrats hatten im Büro des Rektors am Konferenztisch Platz genommen und hörten Vizerektor Kuganumas Ausführungen zu.

»Es geht um die neulich bereits kritisierte Aufnahme von Keita Ito. Auch die Durchführung der MVP-Spiele über unsere Köpfe hinweg spricht dafür, dass der hier anwesende Kazuki Suzubishi als Rektor nicht mehr tragbar ist.«

Nach einer kurzen Pause fuhr Kuganuma in der zum Zerreißen gespannten Atmosphäre fort.

»Außerdem ist ein neues Problem aufgetaucht. Wie schon bei der letzten Sitzung erwähnt wurden tatsächlich Daten dieser Schule und der Forschungsabteilung des Bell-Pharmazieunternehmens gestohlen. Damals gingen wir allerdings

noch davon aus, dass es sich nur um ein Gerücht handelte.«
Hier brach Kuganuma abrupt ab und warf Kazuki einen stechenden Blick zu. Dieser lauschte den Ausführungen mit entspannter Miene.

»Der Rektor als Programmierer des Sicherheitssystems wollte die Verantwortung übernehmen und seinen Posten aufgeben, sollten diese Behauptungen tatsächlich wahr sein.«

Und schließlich verkündete Kuganuma: »Auf Grund der Beweise, die ich nun vorlegen werde, fordere ich den Rücktritt von Kazuki Suzubishi!«

»Herr Vizerektor, darf ich fragen, ob sich darunter auch ein Beweis für den Datenklau befindet?«, fragte einer der Anwesenden.

»Selbstverständlich. Auch wenn der Rektor so tut, als hätte es ihn nicht gegeben, um sich seiner Verantwortung zu entziehen. Doch wir lassen uns nicht länger an der Nase herumführen!« Kuganuma grinste siegessicher, doch Kazuki war immer noch die Ruhe selbst.

»Dann zeigen Sie uns bitte diese Beweise, von denen Sie sprechen.«

Der Rektor hatte soeben sein eigenes Todesurteil unterschrieben, zumindest war Kuganumas selbstsicherem Grinsen zu entnehmen, dass er dies glaubte.

Der Projektor warf eine Reihe von Namen und Zahlenkolonnen an die Wand.

»Das ist ja … ein Kontoauszug?«

Aufgeregtes Gemurmel ging durch die Reihen.

»Was ist das? Das stammt nicht von mir!«, flüsterte Kuganuma.

»Das ist der Kontoauszug von Makoto Kida, der bis vor kurzem Lehrer an unserer Akademie war. Sie sehen, dass zwei recht große Beträge auf seinem Konto eingegangen sind.« Kazuki deutete mit dem Zeigestock auf die entsprechenden Stellen. Zwei siebenstellige Beträge. Die genaue Höhe der einen Summe war Kuganuma nur zu gut bekannt.

»Eine Überweisung stammt von Kaido, dem derzeit zweitgrößten Pharmazieunternehmen weltweit. Die zweite ...« Kazuki deutete auf den Betrag und würdigte Kuganuma keines Blickes.

Dieser erhob hastig Einspruch, als er sich wieder gefangen hatte: »Moment! Das sind aber nicht die Beweise, die ich vorbereitet hatte!« Doch sein Einwand wurde überhört. Kazuki warf das nächste Bild an die Wand. Darauf war ein altes Gebäude zu erkennen.

»Das ist ein Foto der Firma, welche den zweiten Betrag an Kida überwiesen hat. Ihnen dürfte das Gebäude ja bekannt sein, nicht wahr, Vizerektor Kuganuma?«

Im Büro des Verwaltungsrats breitete sich Tumult aus. Verwirrte und vorwurfsvolle Blicke richteten sich auf Kuganuma, den Strippenzieher des Datenklaus. Kazuki verteilte Kopien des Beweismaterials. Anklage und Verteidigung hatten sich binnen weniger Minuten umgekehrt. Nun begann Kazuki mit seiner Attacke auf Kuganuma, der gedemütigt vor ihm stand.

»Vizerektor Kuganuma, erklären Sie uns bitte, was das alles zu bedeuten hat. Wie es scheint, handelt es sich hier zweifelsohne um eine Straftat!«

Am nächsten Morgen wachte Keita schon vor dem Klingeln des Weckers auf. Am Abend zuvor hatte er vor Sorge um Kazuki nur schlecht einschlafen können. Er hatte zum hell erleuchteten Fenster seines Büros hinaufgestarrt, bis er von den Wachleuten vertrieben wurde, und war anschließend noch einige Male zu Kazukis Zimmer gegangen, doch er stand immer vor verschlossener Tür.

Kazuki, was ist nur passiert? Ist die Sitzung gestern noch gut verlaufen?, fragte er sich. Trotz seiner Müdigkeit zwang er sich aus dem Bett und schlüpfte eilig in seine Uniform. Er wollte zuerst noch einmal bei Kazuki vorbeischauen. Ohne sich die Haare zu kämmen, wollte er soeben sein Zimmer verlassen, doch in dem Augenblick, als er nach der Türklinke griff, hörte er das vertraute Klopfen.

»Kazuki?!«

»Hey, Keita! Na, so was, schon wach?« Kazuki schob den verdutzten Keita zur Seite und trat ein. Er schloss die Tür hinter sich, schlüpfte an Keita vorbei und setzte sich auf das Bett. Keita verfolgte ihn mit den Augen und stand wie angewurzelt da. Doch er kam schnell wieder zu sich und bedrängte Kazuki mit seinen Fragen.

»Kazuki! Wie ist es gestern gelaufen?! Bist du … hast du …«

»Ich sagte doch, mach dir keine Sorgen!«, grinste Kazuki und nahm Keita damit die Anspannung.

»Heißt das …«

»Ja. Alles ist gut gegangen. Ich hatte ja auch die Glücksfee hinter mir.« Er küsste Keita auf die Wange, und dieser errötete. Dann erläuterte Kazuki den Verlauf der gestrigen Sitzung, seinen Triumph beim Verwaltungsrat und Kuganumas Niederlage.

»Was bin ich froh! Stell dir nur vor, du hättest wirklich die Konsequenzen tragen müssen …«

»Ich habe dir doch oft genug gesagt, du brauchst keine Angst zu haben! Schließlich hatte ich ja dich und damit das Glück auf meiner Seite.«

»Sehr witzig …«

Kazuki streckte seine Hand aus, vergrub sie in Keitas Haar und kitzelte ihn hinter dem Ohr. Keita lachte.

Dieser Kerl …, dachte er, … hat wohl keine Ahnung, welche Ängste ich ausgestanden habe. Auch wenn er dank der Hilfe von O-sama und den anderen genügend Beweise hatte, habe ich mir solche Sorgen gemacht, dass ich nicht einmal etwas essen konnte.

»Also dann, Keita! Lass uns zum Unterricht gehen.«

»Ja.« So gern er sich von Kazuki auch hinterm Ohr kraulen ließ, Keita löste sich schweren Herzens von Kazuki. Doch dann fiel ihm etwas ein und er hielt in seiner Bewegung inne.

»Übrigens, Kazuki! Wie lange willst du eigentlich noch den Schüler spielen?«

Auch wenn er sich als Schüler ausgab, Kazuki war und blieb der Rektor. Und jetzt, da der Fall gelöst war, gab es keinen Grund mehr für ihn, das Schauspiel fortzusetzen.

»Wieso?«, fragte dieser nur heiter, als wisse er nicht, worauf Keita hinauswollte.

»Aber Kazuki ...«

»Was denkst du denn? Ich bleibe an deiner Seite und ziehe die Schule bis zum Abschluss mit dir durch!«

»Und was ist mit deinem Job als Rektor?! Damit hast du doch sicher genug zu tun!«

»Stimmt schon, es wird nicht leicht. Aber ich schaffe das! Ich habe dir ja schon mal gesagt, dass ich es bisher auch gut hinbekommen habe, die beiden Rollen unter einen Hut zu kriegen.« Er zog Keita wieder dicht an sich heran. Ihre Gesichter hielten einen Moment voreinander inne und sie tauschten einen so intensiven Blick aus, dass Keita wieder errötete.

»K...Kazuki, was soll das? Wir waren noch nicht fertig mit unserem Gespräch ...«

»Du machst dir zu viele Gedanken, kleiner Grübler. Nur zu deiner Information, ich habe mich nicht nur wegen der Ermittlungen als Schüler ausgegeben«, fuhr Kazuki bedächtig mit seiner Erklärung fort, als würde er auf ein kleines Kind einreden. Dabei strahlte er übers ganze Gesicht.

»Ich habe dir doch versprochen, dass wir gemeinsam zur Schule gehen.«

»Kazuki ...« Vor Freude wurde ihm ganz warm. Keita ließ allen Widerstand aus seinem Körper weichen. Kazuki zog

ihn dichter zu sich und legte seine Lippen auf Keitas Mund. Sie vereinigten sich zu einem innigen Kuss.

Kazuki bleibt an meiner Seite, dachte Keita. Hier an der Schule, als mein Mitschüler. Als wichtigster Mensch in meinem Leben ...

Ihre Zungen spielten miteinander und lösten sich kurz unter süßen Seufzern. Doch schon folgte der zweite Kuss. Keita drückte Kazuki eng an sich.

»Keita ...?« Auch Kazukis Arme, die um seinen Rücken geschlungen waren, drückten immer fester zu. »Wir verspäten uns noch.«

»Nur noch einen Augenblick ...«

»Ich bekomme aber langsam keine Luft mehr!«, lachte Kazuki gespielt gequält und drückte Keita plötzlich noch fester an sich.

»Kazuki?«

»Wärst du mir böse, wenn ich dir sage, dass ich nicht mehr kann?«

Plötzlich wurde Keita auf das Bett gestoßen.

»K...Kazuki! Heißt das, du gibst auf? Schwächling!«

Doch schon drückten sich Kazukis Lippen wieder auf seine, die heiße Zunge drang wieder in seinen Mund. Er versuchte noch, ihn mit beiden Händen von sich zu stoßen, doch Kazukis fordernde Zunge und seine Hände, die Keitas Gesicht ganz fest hielten, ließen seinen Widerstand langsam weichen. Als ihre Lippen sich endlich voneinander lösten, war Keitas Gesicht tiefrot gefärbt.

»Ich würde sagen, wir verspäten uns heute definitiv«, lächelte Kazuki schelmisch und legte seine Lippen wieder auf Keitas Mund. Keita schloss nur still die Augen und schwebte in den siebten Himmel …

Ein kurzer Kommentar ...?
Was soll ich nur schreiben? Auf jeden Fall mal ein Bild von allen Charakteren, die in den Illustrationen nicht auftauchen.
Vorbild für die Katze Tonosama war mein Schoßhündchen.
Wer hätte das gedacht?
You Higuri
2002.9. 氷栗優
Es brennt...!

A WARM WINTER HOLIDAY

Sonntag. Heute hatte ich mich mit Kazuki zu einem Ausflug verabredet, doch eine Viertelstunde nach der vereinbarten Zeit war er immer noch nicht da. Eine Verspätung war ja schön und gut, doch nicht unbedingt zu dieser Jahreszeit. Wäre es ein angenehmer Frühlings- oder Herbsttag gewesen oder hätte ich in meinem Zimmer oder in der Lobby des Wohnheims gewartet, hätte es mir wahrscheinlich nichts ausgemacht.

Wohin würden wir heute gehen? Kazuki wollte sich neue Schuhe und ich mir einen neuen Pullover kaufen, also würden wir wohl einige Läden abklappern … Ich wusste nicht genau, was für Schuhe er kaufen wollte. Wahrscheinlich Sneakers. Oder vielleicht welche, die zu seinen Anzügen passten? Ich selbst wollte einen ganz schlichten beigefarbenen Sweater, und da Kazuki selbst stricken konnte, würde er mir bei der Auswahl sicher den einen oder anderen Rat geben.

Während ich meinen Gedanken nachhing, merkte ich kaum, wie die Zeit verging. An diesem Wintermorgen blies der Meereswind durch das Haupttor der Akademie, an dem ich auf Kazuki wartete. Ich fror und hoffte, dass er bald auftauchen würde. Natürlich auch, weil ich es kaum erwarten konnte, ihn zu sehen …

Da der Winter gerade erst begonnen hatte, kam mir dieser Morgen besonders kalt vor. Ich verließ den Treffpunkt am Haupttor und drehte eine kleine Runde. Ich legte meine Hände an den Mund und blies hinein, um mich ein wenig aufzuwärmen.

»Keita! Entschuldige bitte!«, ertönte es plötzlich von hinten. Im selben Moment legte sich etwas Weißes, Weiches um meinen Hals.

»Kazuki?« Als ich mich umdrehte, sah ich ihn vor mir stehen. Er war offensichtlich gerannt, seine Wangen waren gerötet und er war etwas außer Atem. Er wickelte mir einen weichen, warmen Schal um.

»Kazuki, was …«

»Tut mir leid, dass ich dich habe warten lassen. Aber ich wollte das hier unbedingt noch fertig bekommen …«

»Ach, schon okay.«

Ob er ihn selbst gestrickt hat …? Bis eben noch hatte ich so gefroren, doch jetzt war mir richtig warm geworden. Ich hatte allerdings den Eindruck, dass der Schal etwas lang geraten war. Wickelte man ihn nur einmal um den Hals, hingen beide Enden bis über die Knie. Kazuki reichte mir eine große Papiertüte, während ich verwirrt an mir herabsah.

»Das hier gehört auch dazu. Ich weiß, dass du dir einen neuen Pulli kaufen willst, aber vielleicht magst du diesen hier auch ab und zu tragen.«

Als ich die Tüte öffnete, sah ich einen weißen Pullover und ein Paar Handschuhe, die aus derselben Wolle gestrickt waren wie der Schal. Ich nahm ihn heraus und spürte sofort die weiche Wärme. Nun brauchte ich mir gar keinen neuen Pullover mehr zu kaufen.

»Kazuki, danke! Der ist ja wirklich toll!«

»Schön, dass er dir gefällt.« Kazuki grinste mich erfreut an. Selbstverständlich gefielen mir die Sachen. Kazuki war nicht nur mein Mitschüler, der den Schulalltag mit mir teilte, sondern in Wahrheit auch noch der Rektor der ganzen Einrichtung. Dass er trotz all seiner Verpflichtungen auch noch die Zeit fand, einen Pullover für mich zu stricken, machte mich natürlich sehr glücklich. Trotzdem war dieser Schal einfach zu lang ...

»Aber Kazuki, du hättest dir wirklich nicht so viel Mühe machen müssen ...« Ich sah ihn an und hielt ein Ende des Schals verlegen zwischen den Fingern. Doch Kazuki ließ sich nicht beirren und nahm mir das Schalende aus der Hand.

»Das ist schon richtig so. Schau, so ist es gedacht!« Er nahm den Schal und legte ihn auch noch um seinen eigenen Hals.

»Ein Schal für zwei. Siehst du?«

»Für zwei ...?« Ich fühlte mich in die Enge gedrängt. Nicht dass die Vorstellung mir nicht gefiel, doch irgendetwas an der ganzen Sache war mir peinlich. Einen Schal zu zweit zu benutzen bedeutete, dass die beiden Träger unwillkürlich eng zusammenrücken mussten. Auch das war mir nicht unangenehm, doch wenn ich mir vorstellte, so mit Kazuki durch die Stadt zu laufen …

»Kazuki, das geht doch nicht. Ich meine, was sollen denn die Leute denken …?«

»Warum denn?«

»Na, ich finde wirklich nicht, dass wir so herumlaufen können.«

Kazuki packte mich plötzlich und zog mich in seine Arme. Er hielt mich in seiner warmen, zärtlichen Umarmung und drückte mich fest an sich.

»Ka…zuki …«

»Dann lassen wir das mit dem Ausflug eben sein. Ich möchte den Tag heute nur mit dir verbringen!«

»A…Aber ich dachte, du wolltest dir noch Schuhe kaufen?« Obwohl ich schon oft so von ihm umarmt worden war, brachte Kazuki mein Herz damit immer wieder zum Klopfen. Leicht beschämt versuchte ich mich aus der Umarmung zu winden, doch Kazuki hielt mich fest.

»Egal. Solange du so bei mir bist, brauche ich nichts anderes.«

»Kazuki …« Ich ließ die Kraft aus meinem Körper weichen. Kazukis zärtliches Gemurmel ließ mich alles vergessen, was ich hatte erwidern wollen. Vor dem Haupttor begann es zu schneien und ich lag in Kazukis Armen und drückte ihn ebenso fest an mich. Für eine Weile standen wir noch so, doch dann flüsterte Kazuki mir etwas ins Ohr.

»Gehen wir in mein Zimmer? Oder lieber in deines?«

Mir war beides recht, doch ich wusste vor lauter Glück nicht, was ich antworten sollte, und legte meine Wange einfach stumm an Kazukis.

Ende

A KISS FROM THE DARK
von Nadine Büttner
& Michael Waaler
€ 5,95 (D) / € 6,20 (A)
○ A Kiss from the Dark

AAA
von Haruka Fukushima
€ 5,95 (D) / € 6,20 (A)
○ Band 1 bis 2
○ Band 3 06/10

AB SOFORT DÄMONENKÖNIG! (Manga)
von Tomo Takabayashi
& Temari Matsumoto
€ 5,95 (D) / € 6,20 (A)
○ Band 1 bis 4
○ Band 5 05/10
Bislang 7 Bände in Japan

AB SOFORT DÄMONENKÖNIG! (Nippon Novel)
von Tomo Takabayashi
& Temari Matsumoto
€ 6,95 (D) / € 7,20 (A)
○ Band 1 bis 8
○ Band 9 04/10
○ Band 10 07/10
Bislang 20 Bände in Japan

ADOLF
von Osamu Tezuka
€ 12,– (D) / € 12,40 (A)
○ Band 1 bis 5
In 5 Bänden abgeschlossen

AFTER A STORM
von Shoko Hidaka
€ 5,95 (D) / € 6,20 (A)
○ After A Storm

AFTER SCHOOL NIGHTMARE
von Setona Mizushiro
€ (D) 6,– / € (A) 6,20
○ Band 1 bis 5
€ (D) 5,95 / € (A) 6,20
○ Band 6 bis 7
○ Band 8 05/10
○ Band 9 07/10
In 10 Bänden abgeschlossen

AKIRA – Original Edition
von Katsuhiro Otomo
€ 16,– (D) / € 16,50 (A)
○ Band 1 bis 6
In 6 Bänden abgeschlossen

AKIRA CLUB
von Katsuhiro Otomo
€ 29,90 (D) / € 30,80 (A)
○ Akira Club

ALICE ACADEMY
von Tachibana Higuchi
€ 5,– (D) / € 5,20 (A)
○ Band 1 bis 8
€ 5,95 (D) / € 6,20 (A)
○ Band 9
○ Band 10 06/10
Bislang 15 Bände in Japan

ALIVE
von Tsutomu Takahashi
€ 8,50 (D) / € 8,80 (A)
○ Alive

ANGEL SANCTUARY
von Kaori Yuki
€ 6,– (D) / € 6,20 (A)
○ Band 1 bis 20
In 20 Bänden abgeschlossen

ANGEL SANCTUARY
€ 12,– (D) / € 12,40 (A)
○ Postkartenbuch »Angelic Voice«
€ 30,– (D) / € 30,90 (A)
○ Artbook »Angel Cage«
○ Artbook »Lost Angel«

ARTY SQUARE
von Mamiya Oki
€ 6,– (D) / € 6,20 (A)
○ Arty Square

AS YOU WISH
von Kae Maruya
€ (D) 6,– / € (A) 6,20
○ As you wish!

BARFUSS DURCH HIROSHIMA
von Keiji Nakazawa
€ 12,– (D) / € 12,40 (A)
○ Band 1 bis 4

BASTARD!!
von Kazushi Hagiwara
€ 6,– (D) / € 6,20 (A)
○ Band 1 bis 24
€ 6,95 (D) / € 7,20 (A)
○ Band 25
○ Band 26 05/10
Bislang 26 Bände in Japan

BATTLE ANGEL ALITA
von Yukito Kishiro
€ 6,– (D) / € 6,20 (A)
○ Band 1 bis 9
In 9 Bänden abgeschlossen

BATTLE ANGEL ALITA – LAST ORDER
von Yukito Kishiro
€ 6,– (D) / € 6,20 (A)
○ Band 1 bis 11
€ 6,95 (D) / € 7,20 (A)
○ Band 12
○ Band 13 07/10
Bislang 14 Bände in Japan

BATTLE ANGEL ALITA – Extra
von Yukito Kishiro
€ 7,95 (D) / € 8,30 (A)
○ Battle Angel Alita – Other Stories

BLACK BUTLER
von Yana Toboso
€ 6,95 (D) / € 7,20 (A)
○ Band 1 06/10
Bislang 7 Bände in Japan

BLACK CAT
von Kentaro Yabuki
€ 6,– (D) / € 6,20 (A)
○ Band 1 bis 20
In 20 Bänden abgeschlossen

BLACK LAGOON
von Rei Hiroe
€ 6,– (D) / € 6,20 (A)
○ Band 1 bis 7
€ 5,95 (D) / € 6,20 (A)
○ Band 8
○ Band 9 07/10
Bislang 9 Bände in Japan

BLICK DER BESTIE
von Yasuki Tanaka
€ (D) 9,95 / € (A) 10,30
○ Blick der Bestie

BLOOD ALONE
von Masayuki Takano
€ 7,50 (D) / € 7,80 (A)
○ Band 1 bis 4
€ 7,95 (D) / € 8,20 (A)
○ Band 5
Bislang 6 Bände in Japan

BLOOD HOUND
von Kaori Yuki
€ 8,– (D) / € 8,30 (A)
○ Blood Hound

BLOOD+
von Asuka Katsura
€ 6,50 (D) / € 6,70 (A)
○ Band 1 bis 5
In 5 Bänden abgeschlossen

BLOOD+ ADAGIO
von Asuka Katsura
€ 6,95 (D) / € 7,20 (A)
○ Band 1 bis 2
In 2 Bänden abgeschlossen

BLOOD+ YAKO YOSHI
von Hirotaka Kisaragi
€ 6,95 (D) / € 7,20 (A)
○ Blood+ Yako Yoshi

BOY'S NEXT DOOR
von Kaori Yuki
€ 6,– (D) / € 6,20 (A)
○ Boy's Next Door

CARLSEN MANGA! Checklist

CANTARELLA
von You Higuri
€ 6,– (D) / € 6,20 (A)
O Band 1 bis 10
Bislang 11 Bände in Japan

CAPTAIN TSUBASA – DIE TOLLEN FUSSBALLSTARS
von Yoichi Takahashi
€ 5,– (D) / € 5,20 (A)
O Band 1 bis 27
€ 6,– (D) / € 6,20 (A)
O Band 28 bis 37
In 37 Bänden abgeschlossen

CHARMING JUNKIE
von Ryoko Fukuyama
€ 6,– (D) / € 6,20 (A)
O Band 1 bis 10
€ 5,95 (D) / € 6,20 (A)
O Band 11 bis 14
O Band 15 04/10
O Band 16 07/10
Insgesamt 16 Bände

CHEEKY VAMPIRE
von Yuna Kagesaki
€ 5,– (D) / € 5,20 (A)
O Band 1 bis 8
€ 5,95 (D) / € 6,20 (A)
O Band 9 bis 12
O Band 13 06/09
In 14 Bänden abgeschlossen

CHIBI
€ 1,95 (D) / € 2,- (A)

O A DEMON'S KISS
von Rebecca Jeltsch

O ALADINS ERBIN
von Eva Schmitt & Janine Winter

O BLOOD HOUND SPECIAL
von Kaori Yuki

O DANCING KING
von Carla Miller & Isabelle Metzen

O DIE SPUR
von Helen Aerni

O DRACHENSCHNEE
von Franziska Steffen & Tina Lindhorst

O E-MOTIONAL
von Martina Peters

O GEEKS
von Michael Rühle

O GOLDEN BUTTERFLY
von Sabrina Ehnert & Selina Schuster

CHIBI (Fortsetzung)

O IM NAMEN DES SOHNES
von Zofia Garden

O KENSEI
von Christian Pick

O KENTARO
von Kim Liersch

O LEGACY OF THE OCEAN
von Marika Herzog

O LUXUS
von Judith Park

O MAD MATIC
von Akira Toriyama

O MAKE A DATE
von Alexandra Völker

O MASTERMINDS
von Jeffrey Gold

O PAPAYA
von Reinhard Tent

O RACOON
von Melanie Schober

O STRIKE BACK
von Olga Rogalski

O TARITO FAIRYTALE
von Detta Zimmermann

O TODERNST
von Stella Brandner

O TURNOVER
von Marika Paul

O TWINS LOVE PANIC
von Dörte Dettlaff

O UMBRA
von Natalia Zaitseva

O WHITE PEARL
von Nadine Büttner

CHIRALITY COLLECTION
von Satoshi Urushihara
€ 19,90 (D) / € 20,50 (A)
O Chirality Collection

CHOUCHIN
von Tina Lindhorst
€ (D) 6,– / € (A) 6,20
O Chouchin

CHRONIKEN VON ERDSEE, DIE
von Goro Miyazaki & Studio Ghibli
€ 7,95 (D) / € 8,20 (A)
O Band 1 bis 4
In 4 Bänden abgeschlossen

CLOVER!
von CLAMP
€ 8,– (D) / € 8,30 (A)
O Band 1 bis 4
In 4 Bänden abgeschlossen

CROWN
von Shinji Wada
€ 6,– (D) / € 6,20 (A)
O Band 1 bis 4
€ 6,95 (D) / € 7,20 (A)
O Band 5 bis 6
In 6 Bänden abgeschlossen

CRUEL FAIRYTALES
von Kaori Yuki
€ 6,– (D) / € 6,20 (A)
O Cruel Fairytales

DAISUKI
Monatliches Magazin
Lifestyle made in Japan!
€ 5,95 (D) / € 6,20 (A)
O bis Ausgabe 03/10
O Ausg. 04/10 O Ausg. 05/10
O Ausg. 06/10 O Ausg. 07/10
Empf. VK € 14,95 (D) / € 15,50 (A)
O Plüsch-Maskottchen KISU

DELILAH'S MYSTERY
von Nam & Tram Nguyen
€ 6,– (D) / € 6,20 (A)
O Delilah's Mystery

DEMIAN-SYNDROM, DAS
von Mamiya Oki
€ 6,– (D) / € 6,20 (A)
O Band 1 bis 5
O Band 6 05/10
Bislang 6 Bände in Japan

DER BESTE LIEBHABER
von Masara Minase
€ 5,95 (D) / € 6,20 (A)
O Band 1 O Band 2 07/10

DESIRE
von Maki Kazumi & Yukine Honami
€ 6,– (D) / € 6,20 (A)
O Desire

D.N. ANGEL
von Yukiru Sugisaki
€ 5,– (D) / € 5,20 (A)
O Band 1 bis 11
€ 5,95 (D) / € 6,20 (A)
O Band 12 bis 13
Bislang 13 Bände in Japan

CARLSEN MANGA! Checklist

DRAGON BALL

DRAGON BALL (Sammelband)
von Akira Toriyama
€ 5,95 (D) / € 6,20 (A)
- O Sammelband 1-16
- O Sammelband 17 04/10
- O Sammelband 18 05/10
- O Sammelband 19 06/10
- O Sammelband 20 07/10

In 21 Bänden abgeschlossen

DRAGON BALL
von Akira Toriyama
€ 5,– (D) / € 5,20 (A)
- O Band 1 bis 42

In 42 Bänden abgeschlossen

DRAGON BALL ARTBOOK
von Akira Toriyama
€ 26,– (D) / € 26,80 (A)
- O Dragon Ball Artbook

DRAGON BALL - ROMAN ZUM FILM
von Stacia Deutsch
& Rhody Cohon
€ 6,95 (D) / € 7,20 (A)
- O Dragon Ball Evolution

DRAGON BALL GT
€ 6,– (D) / € 6,20 (A)
- O Band 1 bis 3

In 3 Bänden abgeschlossen

DRAGON BALL Z
€ 6,– (D) / € 6,20 (A)
- O Band 3 bis 4, 6 bis 11

€ 7,– (D) / € 7,20 (A)
- O Band 1, 2, 5, 12 bis 15

In 15 Bänden abgeschlossen

DRAGON BALL Z - Die Saiyajin
von Akira Toriyama
& Jump Comics
€ 6,95 (D) / € 7,20 (A)
- O Band 1 bis 5

In 5 Bänden abgeschlossen

DRAGON BALl Z - Die Ginyu-Saga
von Akira Toriyama
€ (D) 6,95 / € (A) 7,20
- O Band 1 bis 6

In 6 Bänden abgeschlossen

DRAGON GIRLS
von Yuji Shiozaki
€ 10,– (D) / € 10,30 (A)
- O Band 1 bis 13

Bislang 16 Bände in Japan

DYSTOPIA
von Judith Park
€ 6,– (D) / € 6,20 (A)
- O Dystopia

E'S
von Satol Yuiga
€ 6,– (D) / € 6,20 (A)
- O Band 1 bis 5

€ 5,95 (D) / € 6,20 (A)
- O Band 6 bis 11
- O Band 12 05/10

Bislang 15 Bände in Japan

EIGHT
von Atsushi Kamijo
€ 7,50 (D) / € 7,80 (A)
- O Band 1 bis 4

In 4 Bänden abgeschlossen

EREMENTAR GERAD
von Mayumi Azuma
€ 6,– (D) / € 6,20 (A)
- O Band 1 bis 12

€ 6,95 (D) / € 7,20 (A)
- O Band 13
- O Band 14 04/10

Bislang 18 Bände in Japan

EREMENTAR GERAD - FLAG OF BLUE SKY
von Mayumi Azuma
€ 6,– (D) / € 6,20 (A)
- O Band 1 bis 4

Bislang 5 Bände in Japan

ERMITTLUNGEN IN SACHEN LIEBE
von Reiichi Hiiro
€ 5,95 (D) / € 6,20 (A)
- O Ermittlungen in Sachen Liebe

ETOILE - Einer für alle! Alle für einen!
von Hiroshi Izawa
& Kotaro Yamada
€ (D) 9,95 / € (A) 10,30
- O Etoile

FAIRY CUBE
von Kaori Yuki
€ 6,– (D) / € 6,20 (A)
- O Band 1 bis 3

In 3 Bänden abgeschlossen

FAIRY TAIL
von Hiro Mashima
€ 5,95 (D) / € 6,20 (A)
- O Band 1 04/10
- O Band 2 05/10
- O Band 3 06/10

Bislang 20 Bände in Japan

FALL IN LOVE LIKE A COMIC
von Chitose Yagami
€ 5,95 (D) / € 6,20 (A)
- O Band 1 04/10

FESSELN DES VERRATS
von Hotaru Odagiri
€ 6,– (D) / € 6,20 (A)
- O Band 1 bis 3

€ 5,95 (D) / € 6,20 (A)
- O Band 4 bis 5
- O Band 6 05/10

Bislang 6 Bände in Japan

FLOWER
von You Higuri
€ 6,– (D) / € 6,20 (A)
- O Flower

FURIUOS LOVE
von Kazuo Kamimura
€ 14,90 (D) / € 15,40 (A)
- O Band 1
- O Band 2 04/10
- O Band 3 07/10

In 3 Bänden abgeschlossen

FRUITS BASKET
von Natsuki Takaya
€ 5,– (D) / € 5,20 (A)
- O Band 1 bis 19

€ 5,95 (D) / € 6,20 (A)
- O Band 20 04/10
- O Band 21 07/10

In 23 Bänden abgeschlossen

GAKUEN HEAVEN
von You Higuri & Spray
€ 6,– (D) / € 6,20 (A)
- O Band 1 bis 3
- O Band 4 06/10

GEFANGENE HERZEN
von Matsuri Hino
€ 5,95 (D) / € 6,20 (A)
- O Band 1 07/10

In 5 Bänden abgeschlossen

GELIEBTER FREUND
von Shoko Hidaka
€ 5,95 (D) / € 6,20 (A)
- O Geliebter Freund

GIRLS LOVE BIBLE
von Kayono
€ 6,95 (D) / € 7,20 (A)
- O Band 1 bis 2

In 2 Bänden abgeschlossen

CARLSEN MANGA! **Checklist**

GOD CHILD
von Kaori Yuki
€ 5,– (D) / € 5,20 (A)
○ Band 1 bis 2
€ 6,– (D) / € 6,20 (A)
○ Band 3 bis 13
In 13 Bänden abgeschlossen

GO KIDS
von Zhe Zhang
€ 6,– (D) / € 6,20 (A)
○ Band 1 bis 2
In 2 Bänden abgeschlossen

GORGEOUS CARAT
von You Higuri
€ 6,– (D) / € 6,20 (A)
○ Band 1 bis 4
In 4 Bänden abgeschlossen
€ 7,50 (D) / € 7,80 (A)
○ Gorgeous Carat Galaxy

GUNS & FLOWERS
von Reiichi Hiiro
€ 6,– (D) / € 6,20 (A)
○ Guns & Flowers

GRAB DER ENGEL
von You Higuri
€ 6,-- (D) / € 6,20 (A)
○ Grab der Engel

GRAVEL KINGDOM
von Kaori Yuki
€ 6,– (D) / € 6,20 (A)
○ Gravel Kingdom

.HACK//AI BUSTER (Nippon Novel)
von Tatsuya Hamazaki
& Rei Idumi
€ 6,95 (D) / € 7,20 (A)
○ Band 1 bis 2
In 2 Bänden abgeschlossen

.HACK//ANOTHER BIRTH (Nippon Novel)
von CyberConnect2
& Miu Kawasaki & Kazunori Ito
€ (D) 7,95 / € (A) 8,20
○ Band 1 bis 2
○ Band 3 [08/09]
In 4 Bänden abgeschlossen

.HACK//G.U.+
von Yuzuka Morita
& Tatsuya Hamazaki
€ 6,– (D) / € 6,20 (A)
○ Band 1 bis 3
€ 5,95 (D) / € 6,20 (A)
○ Band 4 bis 5
Bislang 4 Bände in Japan

.HACK//LEGEND OF THE TWILIGHT
von Rei Izumi
& Tatsuya Hamazaki
€ 6,– (D) / € 6,20 (A)
○ Band 1 bis 2
€ 8,- (D) / € 8,30 (A) (280 Seiten)
○ Band 3
In 3 Bänden abgeschlossen

.HACK//XXXX
von Megane Kikuya
& Hiroshi Matsuyama
€ 6,– (D) / € 6,20 (A)
○ Band 1 bis 2
In 2 Bänden abgeschlossen

HANA-KIMI
von Hisaya Nakajo
€ 5,– (D) / € 5,20 (A)
○ Band 1 bis 20
€ 5,95 (D) / € 6,20 (A)
○ Band 21 bis 23
In 23 Bänden abgeschlossen

HAUCH DER LEIDENSCHAFT
von Masara Minase
€ 5,95 (D) / € 6,20 (A)
○ Hauch der Leidenschaft

HEISSE BEGEGNUNGEN
von Nao Doumoto
€ 6,95 (D) / € 7,20 (A)
○ Heiße Begegnungen

HERRSCHER ALLER WELTEN
von Christina Plaka
€ 5,95 (D) / € 6,20 (A)
○ Herrscher aller Welten

HIGHSCHOOL OF THE DEAD
von Daisuke Sato & Shouji Sato
€ 6,95 (D) / € 7,20 (A)
○ Band 1 [04/10]
○ Band 2 [07/10]
Bislang 5 Bände in Japan

HIKARU NO GO
von Yumi Hotta
& Takeshi Obata
€ 6,– (D) / € 6,20 (A)
○ Band 1 bis 18
€ 5,95 (D) / € 6,20 (A)
○ Band 19 bis 22
○ Band 23 [04/10]
In 23 Bänden abgeschlossen

HUNTER x HUNTER
von Yoshihiro Togashi
€ 5,– (D) / € 5,20 (A)
○ Band 1 bis 21
€ 5,95 (D) / € 6,20 (A)
○ Band 22 bis 24
○ Band 25 [05/10]
Bislang 26 Bände in Japan

IDOL
von Stella Brandner
€ 6,– (D) / € 6,20 (A)
○ Idol

IKEBUKURO WEST GATE PARK - IWGP
von Ira Ishida & Aritou Sena
€ 7,50 (D) / € 7,80 (A)
○ Band 1 bis 4
In 4 Bänden abgeschlossen

IKKYU
von Hisashi Sakaguchi
€ 12,90 (D) / € 13,30 (A)
○ Band 1 bis 4
In 4 Bänden abgeschlossen

IN A DISTANT TIME
von Tohko Mizuno
€ 6,– (D) / € 6,20 (A)
○ Band 1 bis 11
Bislang 16 Bände in Japan

INVISIBLE BOY
von Hotaru Odagiri
€ 6,95 (D) / € 7,20 (A)
○ Band 1
Bislang 2 Bände in Japan

I"S
von Masakazu Katsura
€ 6,– (D) / € 6,20 (A)
○ Band 1 bis 15
€ 8,– (D) / € 8,30 (A)
○ Band 5 + Sammelschuber I
○ Band 10 + Sammelschuber II
○ Band 15 + Sammelschuber III
In 15 Bänden abgeschlossen

JA-DOU
von Mamiya Oki
& Tsubasa Kawahara
€ 6,– (D) / € 6,20 (A)
○ Band 1 bis 6
€ 6,– (D) / € 6,20 (A)
○ Ja-Dou – Teiou & Keika
Bislang 6 Bände
+ 1 Zusatzband in Japan

JAPANISCH FÜR MANGA-FANS
von Thora Kerner & Jin Baron
€ 8,– (D) / € 8,30 (A)
○ Band 1 bis 2
In 2 Bänden abgeschlossen

JIBUN-JISHIN
von Nina Werner
€ 6,– (D) / € 6,20 (A)
○ Jibun-Jishin

CARLSEN MANGA!

Checklist

JUNJO ROMANTICA
von Shungiku Nakamura
€ 6,– (D) / € 6,20 (A)
○ Band 1 bis 9
€ 5,95 (D) / € 6,20 (A)
○ Band 10
○ Band 11 12/09
Bislang 11 Bände in Japan

KAINE
von Kaori Yuki
€ 6,– (D) / € 6,20 (A)
○ Kaine - Endorphine of Black

KAJIKA
von Akira Toriyama
€ 5,– (D) / € 5,20 (A)
○ Kajika

KARE KANO
von Masami Tsuda
€ 5,– (D) / € 5,20 (A)
○ Band 1 bis 21
In 21 Bänden abgeschlossen

KEKKAISHI
von Yellow Tanabe
€ 6,– (D) / € 6,20 (A)
○ Band 1 bis 8
€ 5,95 (D) / € 6,20 (A)
○ Band 9 bis 12
Bislang 27 Bände in Japan

KEYLA
von Nicole Klementz
& Nhung Vu
€ 6,– (D) / € 6,20 (A)
○ Band 1 bis 2
In 2 Bänden abgeschlossen

KILLING IAGO
von Zofia Garden
€ (D) 6,– / € (A) 6,20
○ Band 1
€ (D) 5,95 / € (A) 6,20
○ Band 2

KIRIHITO
von Osamu Tezuka
€ 16,90 (D) / € 17,40 (A)
○ Band 1 bis 2
○ Band 3 06/10
In 3 Bänden abgeschlossen

KISS ME, TEACHER
von Kazuma Kodaka
€ 6,– (D) / € 6,20 (A)
○ Band 1 bis 10
In 10 Bänden abgeschlossen

KIZUNA
von Kazuma Kodaka
€ 6,– (D) / € 6,20 (A)
○ Band 1 bis 10
€ 5,95 (D) / € 6,20 (A)
○ Band 11
Bislang 11 Bände in Japan

KYOKO KARASUMA
von Ohji Hiroi & Yusuke Kozaki
€ 6,– (D) / € 6,20 (A)
○ Band 1 bis 5
€ 6,95 (D) / € 7,20 (A)
○ Band 6
Bislang 7 Bände in Japan

LADY SNOWBLOOD
von Kazuo Koike
& Kazuo Kamimura
€ 16,90 (D) / € 17,40 (A)
○ Band 1 bis 2
€ 14,90 (D) / € 15,40 (A)
○ Band 3

LIEBER LEHRER...
von Yaya Sakuragi
€ (D) 6,– / € (A) 6,20
○ Lieber Lehrer...

LILIENTOD
von Anne Delseit
& Martina Peters
€ 5,95 (D) / € 6,20 (A)
○ Band 1 bis 2

LOVE CONTRACT
von Kae Maruya
€ 6,– (D) / € 6,20 (A)
○ Love Contract

LOVE CUPID
von Miki Kiritani
€ (D) 6,– / € (A) 6,20
○ Love Cupid

LOVELY ICE CREAM
von Itsuru Minase
€ 5,95 (D) / € 6,20 (A)
○ Lovely Ice Cream

LOVE MODE
von Yuki Shimizu
€ 6,– (D) / € 6,20 (A)
○ Band 1 bis 11
In 11 Bänden abgeschlossen

LOVER'S POSITION
von Masara Minase
€ 5,95 (D) / € 6,20 (A)
○ Lover's Position 06/10

LUDWIG REVOLUTION
von Kaori Yuki
€ 6,– (D) / € 6,20 (A)
○ Band 1 bis 4
Insgesamt 4 Bände in Japan

MAD LOVE CHASE
von Kazusa Takashima
€ 6,– (D) / € 6,20 (A)
○ Band 1 bis 5
In 5 Bänden abgeschlossen

MAGIC KNIGHT RAYEARTH (Sammelbd.)
von CLAMP
€ 9,95 (D) / € 10,30 (A)
○ Band 1
○ Band 2 04/10
In 2 Bänden abgeschlossen

MAGICAL SWEET MERMAID
von Itsuru Minase
€ 5,– (D) / € 5,20 (A)
○ Magical Sweet Mermaid

MAID-SAMA
von Hiro Fujiwara
€ (D) 6,– / € (A) 6,20
○ Band 1
€ 5,95 (D) / € 6,20 (A)
○ Band 2 bis 3
○ Band 4 05/10
Bislang 9 Bände in Japan

MANGA LOVE STORY
von Katsu Aki
€ 6,– (D) / € 6,20 (A)
○ Band 1 bis 38
€ 6,95 (D) / € 7,20 (A)
○ Band 39 bis 41
○ Band 42 06/10
Bislang 45 Bände in Japan

MANGA LOVE STORY (Artbook)
von Katsu Aki
€ 16,– (D) / € 16,50 (A)
○ Artbook »Yura Yura«

MANGA LOVE STORY FOR LADIES
von Katsu Aki
€ 6,– (D) / € 6,20 (A)
○ Band 1 bis 2
Bislang 2 Bände in Japan

MANGA-ZEICHENKURS
von Akira Toriyama
€ 10,– (D) / € 10,30 (A)
○ Manga-Zeichenkurs

MIRMO!
von Hiromu Shinozuka
€ 5,– (D) / € 5,20 (A)
○ Band 1 bis 12
Insgesamt 12 Bände in Japan

MISSILE HAPPY!
von Miki Kiritani
€ 6,– (D) / € 6,20 (A)
○ Band 1 bis 5
In 5 Bänden abgeschlossen

Carlsen Manga! Checklist

MISSION LIEBE
von Haruka Fukushima
€ 6,95 (D) / € 7,20 (A)
O Mission Liebe 05/10

MIZU NO KIOKU
von Yaya Sakuragi
€ 6,– (D) / € 6,20 (A)
O Mizu no Kioku – Memories Of Water

NARUTO
von Masashi Kishimoto
€ 5,– (D) / € 5,20 (A)
O Band 1 bis 40
O Band 41 04/10
O Band 42 05/10
€ 5,95 (D) / € 6,20 (A)
O Band 43 06/10
Bislang 45 Bände + 4 Zusatzbände in Japan
€ 8,– (D) / € 8,30 (A)
O Die Schriften des Rin
O Die Schriften des Hyo
€ 8,95 (D) / € 9,20 (A)
O Die Schriften des Tō
€ 9,95 (D) / € 10,30 (A)
O Die Schriften des Sha 07/10
€ 19,95 (D) / € 20,60 (A)
O Artbook – Uzumaki

NARUTO – Unschuldiges Herz, blutroter Dämon (Nippon Novel)
von Masatoshi Kusakabe & Masashi Kishimoto
€ 6,95 (D) / € 7,20 (A)
O Unschuldiges Herz, blutroter Dämon

NAUSICAÄ AUS DEM TAL DER WINDE
von Hayao Miyazaki
€ 12,– (D) / € 12,40 (A)
O Band 1 06/10
In 7 Bänden abgeschlossen

NEJI
von Kaori Yuki
€ 6,– (D) / € 6,20 (A)
O Neji

NEKO MAJIN
von Akira Toriyama
€ 9,90 (D) / € 10,20 (A)
O Neko Majin

NEON GENESIS EVANGELION
von Gainax / Yoshiyuki Sadamoto
€ 6,– (D) / € 6,20 (A)
O Band 1 bis 11
Bislang 11 Bände in Japan

NEON GENESIS EVANGELION – IRON MAIDEN 2ND
von Gainax / Fumino Hayashi
€ 6,– (D) / € 6,20 (A)
O Band 1 bis 6
In 6 Bänden abgeschlossen

NINJA! HINTER DEN SCHATTEN
von Baron Malte & Miyuki Tsuji
€ 5,95 (D) / € 6,20 (A)
O Band 1
O Band 2 06/10

NOT ENOUGH TIME
von Shoko Hidaka
€ 5,95 (D) / € 6,20 (A)
O Not Enough Time 05/10

OLD BOY
von Tsuchiya Garon & Minegishi Nobuaki
€ 12,– (D) / € 12,40 (A)
O Band 1 bis 4
In 4 Bänden abgeschlossen

ONE PIECE
von Eiichiro Oda
€ 5,– (D) / € 5,20 (A)
O Band 1 bis 53
O Band 54 05/10
Bislang 56 Bände in Japan
€ 7,– (D) / € 7,20 (A)
O One Piece Blue
€ 8,95 (D) / € 9,20 (A)
O One Piece Red
O One Piece Yellow
€ 20,– (D) / € 20,60 (A)
O Artbook »Color Walk«

ONE PIECE – GANZACK, DER PIRAT (Nippon Novel)
von Eiichiro Oda & Tatsuya Hamazaki
€ 6,95 (D) / € 7,20 (A)
O One Piece – Ganzack, der Pirat 04/10

ONE PIECE – ROGUE TOWN (Nippon Novel)
von Eiichiro Oda & Tatsuya Hamazaki
€ 6,95 (D) / € 7,20 (A)
O One Piece – Rogue Town

ONLY THE RING FINGER KNOWS
von Satoru Kannagi & Hotaru Odagiri
€ 6,– (D) / € 6,20 (A)
O Only The Ring Finger Knows

ONLY THE RING FINGER KNOWS (Nippon Novel)
von Satoru Kannagi & Hotaru Odagiri
€ 7,95 (D) / € 8,20 (A)
O Band 1 bis 4
€ 8,95 (D) / € 9,20 (A)
O Band 5
In 5 Bänden abgeschlossen

OURAN HIGH SCHOOL HOST CLUB
von Bisco Hatori
€ 5,– (D) / € 5,20 (A)
O Band 1 bis 12
€ 5,95 (D) / € 6,20 (A)
O Band 13 bis 14
O Band 15 06/10
Bislang 15 Bände in Japan

PERFUME MASTER
von Kaori Yuki
€ 10,– (D) / € 10,30 (A)
O Perfume Master

PERSONAL PARADISE
von Melanie Schober
€ 6,– (D) / € 6,20 (A)
O Personal Paradise
O Personal Paradise – Miss Misery
€ 5,95 (D) / € 6,20 (A)
O Personal Paradise – Assassin Angel
O Personal Paradise – Killer Kid I 05/10

PIRAT GESUCHT!
von Matsuri Hino
€ 6,– (D) / € 6,20 (A)
O Pirat gesucht!

PRINCE OF MONSTER
von Modoru Motoni
€ 6,– (D) / € 6,20 (A)
O Prince Of Monster

PRINZESSIN MONONOKE
von Hayao Miyazaki / Studio Ghibli
€ 6,– (D) / € 6,20 (A)
O Band 1 bis 4
In 4 Bänden abgeschlossen

PUPPENKRISE
von René Scheibe
€ 6,– (D) / € 6,20 (A)
O Puppenkrise

RAGNAROCK CITY
von Satoshi Urushihara
€ 18,– (D) / € 18,70 (A)
O Ragnarock City

REGELN DER LIEBE
von Ren Kitakami
€ 5,95 (D) / € 6,20 (A)
O Regeln der Liebe

RIN!
von Satoru Kannagi
& Yukine Honami
€ 6,– (D) / € 6,20 (A)
○ Band 1 bis 3
In 3 Bänden abgeschlossen

ROMANCE
von Moka Azumi
€ 6,– (D) / € 6,20 (A)
○ Dein liebliches, eiskaltes Ich
○ Gefährliche Geheimnisse
○ Der Kuss eines Mannes

ROYAL 17
von Kayono
€ 6,– (D) / € 6,20 (A)
○ Band 1 bis 3
In 3 Bänden abgeschlossen

SAND LAND
von Akira Toriyama
€ 5,– (D) / € 5,20 (A)
○ Sand Land

SECRET CONTRACT
von Shinobu Gotoh
& Kae Maruya
€ 5,95 (D) / € 6,20 (A)
○ Secret Contract

SEHNSUCHT NACH IHM
von Ren Kitakami
€ 5,95 (D) / € 6,20 (A)
○ Sehnsucht nach ihm

SHADOW LADY
von Masakazu Katsura
€ (D) 6,– / € (A) 6,20
○ Band 1 bis 3
In 3 Bänden abgeschlossen

SHAMAN KING
von Hiroyuki Takei
€ 5,– (D) / € 5,20 (A)
○ Band 1 bis 32

SHIN ANGYO ONSHI – DER LETZTE KRIEGER
von Youn In-Wan
& Yang Kyung-Il
€ 6,50 (D) / € 6,70 (A)
○ Band 1 bis 11
€ 6,95 (D) / € 7,20 (A)
○ Band 12 bis 15
○ Band 16 05/10
In 17 Bänden abgeschlossen

SHINANOGAWA
von Hideo Okazaki
& Kazuo Kamimura
€ 12,90 (D) / € 13,30 (A)
○ Band 1 bis 2
In 2 Bänden abgeschlossen

SILVER DIAMOND
von Shiho Sugiura
€ 6,– (D) / € 6,20 (A)
○ Band 1 bis 10
€ 5,95 (D) / € 6,20 (A)
○ Band 11 bis 14
○ Band 15 06/10
Bislang 15 Bände in Japan

SKIP BEAT!
von Yoshiki Nakamura
€ 5,– (D) / € 5,20 (A)
○ Band 1 bis 12
€ 5,95 (D) / € 6,20 (A)
○ Band 13 bis 15
Bislang 18 Bände in Japan

SLAYERS SPECIAL
von Hajime Kanzaka
& Tommy Ohtsuka
& Rui Araizumi
€ 6,– (D) / € 6,20 (A)
○ Band 1 bis 4
In 4 Bänden abgeschlossen

SOUL EATER
von Atsushi Ohkubo
Einführungspreis bis 31.10.2010:
€ 2,95 (D) / € 3,10 (A)
Ab 1.4.2010:
€ 5,95 (D) / € 6,20 (A)
○ Band 1 bis 3
○ Band 4 05/10
○ Band 5 07/10
Bislang 14 Bände in Japan

SPECIAL A
von Maki Minami
€ 6,– (D) / € 6,20 (A)
○ Band 1 bis 6
€ 5,95 (D) / € 6,20 (A)
○ Band 7 bis 10
○ Band 11 05/10
Insgesamt 17 Bände

SPEED GRAPHER
von GONZO & Tomozo
€ 7,50 (D) / € 7,80 (A)
○ Band 1 bis 3
In 3 Bänden abgeschlossen

SPIEL VON KATZ UND MAUS, DAS
von Setona Mizushiro
€ 5,95 (D) / € 6,20 (A)
○ Band 1
○ Band 2 06/10

SPIRAL – GEFÄHRLICHE WAHRHEIT
von Kyo Shirodaira
& Eita Mizuno
€ 5,95 (D) / € 6,20 (A)
○ Band 1 bis 4
○ Band 5 04/10
○ Band 6 06/10
In 15 Bänden abgeschlossen

SPIRITED AWAY – CHIHIROS REISE INS ZAUBERLAND
von Hayao Miyazaki /
Studio Ghibli
€ 7,– (D) / € 7,20 (A)
○ Band 1 bis 5
In 5 Bänden abgeschlossen

STERNBILDER DER LIEBE
von Chisako Sakuragi
& Yukine Honami
€ (D) 7,50 / € (A) 7,80
○ Sternbilder der Liebe

SÜSSE VERSUCHUNG
von Mio Ayukawa
€ (D) 6,95 / € (A) 7,20
○ Süße Versuchung

SUSHI ENTDECKEN
vom Studio Isamoto
€ 10,– (D) / € 10,30 (A)
○ Sushi entdecken (HC)

TAISHO ERA CHRONICLES
von You Higuri
€ 6,95 (D) / € 7,20 (A)
○ Taisho Era Chronicles

TAKUMI-KUN
von Shinobou Gotoh
& Kazumi Ohya
€ 6,– (D) / € 6,20 (A)
○ Band 1 bis 7
€ 5,95 (D) / € 6,20 (A)
○ Band 8
Bislang 8 Bände in Japan

TANIGUCHI, JIRO
von Jiro Taniguchi
€ 19,90 (D) / € 20,50 (A)
○ Vertraute Fremde
€ 14,– (D) / € 14,40 (A)
○ Der spazierende Mann
○ Die Sicht der Dinge
○ Träume von Glück
€ 14,90 (D) / € 15,40 (A)
○ Die kaukasische Ulme
€ 16,– (D) / € 16,50 (A)
○ Ein Zoo im Winter 05/10

TEATIME LOVIN'
von Yaya Sakuragi
€ 6,95 (D) / € 7,20 (A)
○ Band 1 bis 2
○ Band 3 04/10
○ Band 4 07/10
In 4 Bänden abgeschlossen

THE ROYAL DOLL ORCHESTRA
von Kaori Yuki
€ 5,95 (D) / € 6,20 (A)
○ Band 1
○ Band 2 07/10

TOKYO MEW MEW
von Mia Ikumi & Reiko Yoshida
€ 5,– (D) / € 5,20 (A)
O Band 1 bis 7
In 7 Bänden abgeschlossen

TOKYO MEW MEW Á LA MODE
von Mia Ikumi
€ 6,– (D) / € 6,20 (A)
O Band 1 bis 2
In 2 Bänden abgeschlossen

VAMPIRE HUNTER D
von Hideyuki Kikuchi
& Saiko Takano
€ 7,50 (D) / € 7,80 (A)
O Band 1 bis 2
€ 7,95 (D) / € 8,20 (A)
O Band 3

VAMPIRE KNIGHT
von Matsuri Hino
€ 6,– (D) / € 6,20 (A)
O Band 1 bis 5
€ 5,95 (D) / € 6,20 (A)
O Band 6 bis 8
Bislang 10 Bände in Japan

VAMPIRE KNIGHT – Eisblaues Verbrechen (Nippon Novel)
von Matsuri Hino
& Ayuna Fujisaki
€ 7,95 (D) / € 8,20 (A)
O Band 1
O Band 2 05/10

VENUS ILLUSTRATIONS ARTBOOK
von Satoshi Urushihara
€ 16,– (D) / € 16,50 (A)
O Venus Illustrations Artbook

W JULIET
von Emura
€ 6,– (D) / € 6,20 (A)
O Band 1 bis 11
€ 5,95 (D) / € 6,20 (A)
O Band 12 bis 14
Insgesamt 14 Bände in Japan

WANDELNDE SCHLOSS, DAS
von Hayao Miyazaki /
Studio Ghibli
€ 7,90 (D) / € 8,20 (A)
O Band 1 bis 4
In 4 Bänden abgeschlossen

WANTED!
von Eiichiro Oda
€ 5,– (D) / € 5,20 (A)
O Wanted!

WAS ZUM NASCHEN!
von Yaya Sakuragi
€ (D) 6,– / € (A) 6,20
O Was zum Naschen!

WELCOME TO THE N.H.K.
von Kendi Oiwa
& Tatsuhiko Takimoto
€ (D) 7,50 / € (A) 7,80
O Band 1 bis 8
In 8 Bänden abgeschlossen

WILD ADAPTER
von Kazuya Minekura
€ 7,50 (D) / € 7,80 (A)
O Band 1 bis 6
Bislang 6 Bände in Japan

WILD FISH
von Reiichi Hiiro
€ 6,– (D) / € 6,20 (A)
O Wild Fish

WILD ROCK
von Kazusa Takashima
€ 6,– (D) / € 6,20 (A)
O Wild Rock

X/1999
von CLAMP
€ 6,– (D) / € 6,20 (A)
O Band 1 bis 18
Bislang 18 Bände in Japan

Y SQUARE
von Judith Park
€ 6,– (D) / € 6,20 (A)
O Y Square O Y Square Plus

YOU HIGURIS LOST ANGEL
von You Higuri
€ 6,– (D) / € 6,20 (A)
O You Higuris Lost Angel

YU-GI-OH!
von Kazuki Takahashi
€ 5,– (D) / € 5,20 (A)
O Band 1 bis 38
In 38 Bänden abgeschlossen

ZEUS COLLECTION
von You Higuri
€ 9,95 (D) / € 10,30 (A)
O Zeus Collection